MARCOS BOTELHO
SANTO DE BARRO

Copyright © 2023 by Editora Letramento
Copyright © 2023 by Marcos Botelho

Diretor Editorial Gustavo Abreu
Diretor Administrativo Júnior Gaudereto
Diretor Financeiro Cláudio Macedo
Logística Daniel Abreu e Vinícius Santiago
Comunicação e Marketing Carol Pires
Assistente Editorial Matteos Moreno e Maria Eduarda Paixão
Designer Editorial Gustavo Zeferino e Luís Otávio Ferreira
Capa Luciano Meneghite
Revisão Daniel Rodrigues
Diagramação Renata Oliveira

Todos os direitos reservados. Não é permitida a reprodução desta obra sem aprovação do Grupo Editorial Letramento.

Dados Internacionais de Catalogação na Publicação (CIP)
Bibliotecária Juliana da Silva Mauro - CRB6/3684

B748s	Botelho, Antonio Marcos
	Santo de barro / Antonio Marcos Botelho. - Belo Horizonte : Letramento, 2023.
	92 p. ; 14cm x 21 cm. - (Temporada)
	ISBN 978-65-5932-355-5
	1. Drama psicológico. 2. Ambiente depressivo. 3. Melancolia. 4. Pessimismo. I. Título. II. Série.
	CDU: 82-312.1(81)
	CDD: 869.93

Índices para catálogo sistemático:
1. Romances existenciais 82-312.1
2. Literatura brasileira 869.93

LETRAMENTO EDITORA E LIVRARIA
Caixa Postal 3242 – CEP 30.130-972
r. José Maria Rosemburg, n. 75, b. Ouro Preto
CEP 31.340-080 – Belo Horizonte / MG
Telefone 31 3327-5771

É O SELO DE NOVOS AUTORES
DO GRUPO EDITORIAL LETRAMENTO

SUMÁRIO

SANTO DE BARRO

7	
8	1
11	2
14	3
18	4
22	5
27	6
32	7
35	8

ÁGGELOS EM ANA

39	
40	1
44	2
47	3
50	4
53	5

ÁGGELOS EM ÁGGELOS

57	
58	1
64	2
67	3
70	4
74	5
77	6

JOSÉ E A ÁRVORE DO SEU DESTINO

79	
80	1
87	2
89	3

SANTO DE BARRO

1

Espero a morte. Sim, essa caminha a passos lentos em minha direção. Vez ou outra, faz curvas, entra em bifurcações, ceifando vidas desprevenidas, felizes, castigadas pelo tempo, ou desamparadas por todos. Mas nunca chega a mim.

A cada dia, o reflexo no espelho me mostra um rosto diferente do dia anterior. O cabelo branco, vai tomando espaço aceleradamente, inibindo os fios pretos a se esconderem rente ao couro cabeludo. Os olhos se apresentam sombrios, profundamente retraídos com a imagem desgastada de um rosto quase sem vida. As rugas sulcadas em uma pele ressecada criam um emaranhado de rodovias que conectam a lugar algum. Os lábios fatiados como uma terra arada pronta para o plantio. Essa é a imagem que o espelho insiste em me mostrar. Essa é a imagem que insisto em ter.

Saí do banheiro. Deixei o espelho com suas verdades. Fui para a sala e me aninhei na cadeira, em frente à janela de madeira, surrada pelo tempo, pela chuva, pelo sol, pela desesperança. A janela permanece escancarada o dia inteiro para mim, revelando uma vegetação sofrida, plantada em um pequeno morro e cortada por uma pequena trilha que nos levava ao interior da mata, outrora mais verde e exuberante. Daquela mata saíram madeiras que estão fincadas nesta casa. Do assoalho ao telhado; das portas às janelas. Daquela mata também saíram dor, desespero, sofrimento, angústia. Todos esses sentimentos saíram enrolados em um saco de plástico preto, adornado por moscas-varejeiras e outros insetos, que insistiam em tentar reproduzir suas espécies.

O sofá de napa, encostado num canto da sala, já não acolhe ninguém. Alguns buracos se formaram no local onde todos se sentavam. Esses buracos negros consumiram tudo ao redor. O quarto dele está cerrado desde sua partida. Não tenho coragem de entrar lá. Mas posso precisar de todos os objetos que estão atrás daquela porta. Os Anjos de papelão; o cachorro de pelúcia com sua deformidade peculiar. Naquele quarto tinha e tem tudo aquilo que ele gostava e que fazia parte dos seus sonhos, do seu mundo encantado.

Ainda escuto os gritos socando a porta do outro quarto da casa. Esse também está fechado para meus olhos. Nele, presenciei ternura, paixão, acolhimento, amor e também raiva. Esses sentimentos estão trancados. Me recuso a deixá-los sair. Tenho medo que se irradiem em minha direção, transformando minha vida. Desejo incessantemente o sofrimento do meu corpo e de minha alma. Quando a morte vier, que leve embora apenas os trapos de um corpo vazio, vilipendiado por um Deus que acreditei existir.

Olho para o telhado, vazado por alguns raios solares que ajudam a iluminar a casa. As paredes, desbotadas, seguram os caibros e ripas, que sustentam telhas antigas e escuras. As teias de aranhas, armadas nos caibros, são como redes de trapezistas esperando a queda de um corpo. Tudo nessa casa sobrevive à sua maneira. Também sobrevivo, esperando o ceifeiro de almas. Só ele poderá eliminar o sofrimento pesado que meu corpo carrega. Ele o proprietário da morte, jamais possuirá um corpo sadio e uma alma liberta.

Com dificuldades, continuo a plantar um ou dois canteiros de verduras. Continuo comendo o que eles me oferecem. A cidade não se importa com os que vivem em áreas rurais. Meus pais herdaram um pequeno pedaço de terra, onde plantaram, fixaram criações e prosperaram mesmo em dias sombrios e tortuosos. Nesta casa, gerações sonharam com dias melhores. Nesta casa, minha família experimentou os piores pesadelos.

O sol agora bate em meu rosto. Minha visão do morro e da trilha se torna embaçada. Fico pensando: "Aquele morro terá um destino semelhante ao meu. Irá morrer e secar. Nada ali existirá, senão um monte de terra infértil". Fecho a janela. O sol já caminha para o seu descanso. Caminho para o fogão a lenha. Destampo a panela preta, com o arroz que fiz no almoço. Misturo tudo ali dentro. O feijão, uma coxa de galinha, o angu e o resto de uma couve. Coloco lenha no fogo. Faço um mexido, como e vou dormir. Posso contar nos dedos quantas vezes tomei banho depois que todos partiram. Não quero ver minha pele limpa. Não tenho esse direito.

2

O acordar, toda a manhã, não é diferente para mim. Minhas galinhas já não cantam mais. Ciscam em silêncio; vivem em silêncio; morrem em silêncio. Silencio a vida delas para prorrogar um pouco a minha. Mas até quando? Não sei dizer. Também não sei até quando minha propriedade irá resistir. O reboco das paredes da casa estão se dissolvendo, mostrando o esquelético tijolo de uma cor ainda viva. O curral se vai aos poucos a cada tempestade de verão. O gado, sobrevivente em tempos de seca, se equilibra em quatro patas. A seca, agora, castiga tudo. O capim perde sua tonalidade. A vegetação castigada pelo sol se desidrata. Tudo perde água. Meu poço não passa de dois palmos d'água. O riacho, que corta minha propriedade, é um lamaçal sem fim.

Preparo o bambu para sacar água do poço. Na ponta desse bambu, um vergalhão prende uma lata de dois litros e meio. De vez em quando, essa lata vem recheada de pequenas rãs, que pulam no buraco escuro, fugindo da seca. Minha coluna já não ajuda. O tempo vem endurecendo minhas articulações, tornando-as inflexíveis. Mesmo assim, encho a caixa d'água, que fica próxima ao poço; ao bebedor do curral; ao bebedor do galinheiro. A água que sobra e que já vem barrenta na lata, aguo os canteiros.

Mais um dia se vai; ele vai levando seus segredos silenciosamente, como a partida dos militares naquela madrugada fria.

A cidade de porte médio fica a uns vinte quilômetros daqui. Minha propriedade fica a dois quilômetros de uma rodovia que corta esse lugar. Fora dos meus domínios, não sei o que acontece. Na feira da cidade, entro mudo e saio calado. Coloco meus mantimentos na charrete e parto, usando uma estrada de terra que aumenta a distância em cinco quilômetros. Reduzo minhas idas à cidade em apenas uma vez ao mês. Meu cavalo já está velho e não se alimenta direito.

Houve um tempo em que eu levava meu filho na cidade umas três vezes por semana. Entre mim e ele havia sempre dois Anjos de papelão, que dividiam, entre solavancos e apertos, o banco da charrete.

Me recuso a olhar para um Santo de Barro inerte em um buraco na parede da casa. Deixo-o ali com seu silêncio, sua negação e sua vigília. Inúmeras vezes ajoelhamos aos seus pés, pedindo, suplicando, implorando. E ele, nada. Estava indiferente. Queria o nosso sofrimento. Queria nossa destruição. Na madrugada daquele dia, prostrei-me a seus pés. Acreditava que, na madrugada, ele estaria acordado. Dizem que os Anjos da guarda atuam mais à noite, quando estamos dormindo. Cheguei a dormir aos pés do Santo. Nada adiantou. Estávamos condenados, sem ao menos o direito a uma segunda chance.

Quando durmo, caio em um espaço vazio e escuro, onde os sonhos são partículas invisíveis, flutuando em inúmeras direções. Não os sinto, não os lembro, não os tenho. Meu cérebro desliga. Não sinto medo do sono. Enquanto partículas flutuam em direções e espaços inconcebíveis, meu corpo segue inerte em uma cama que já aconchegou três vidas.

Acho que a morte está por perto, rondando minha casa. Certo dia, quando tirava água do poço, percebi uma mão tocar meu ombro. Olhei para trás e não vi nada. Juro que senti alguém me tocar, pois a sensação do toque permaneceu em meus ombros por algumas horas. Pela primeira vez, senti medo. Nunca havia contatado com o desconhecido, com o sobrenatural. O Santo de Barro nunca me deu essa chance. Será que a morte, que outrora implorei tanto para não chegar, agora está querendo fazer contato? Chegar a mim? Possuir esta alma oca?

Não sei o que está acontecendo comigo. Estou esquecendo as coisas. Estou ouvindo vozes. Estou ouvindo passos. Estou enlouquecendo. Será que a morte está me sacrificando? Fazendo-me repetir coisas que já fiz? Escondendo do meu cérebro as coisas que jamais deixaria de fazer? Será que estou ficando igual ao meu saudoso pai? Por que isso agora? A ceifeira não precisa de subterfúgios ou brincadeiras insanas para retirar uma alma desavisada ou avisada do corpo material.

3

Hoje estou melhor que ontem. Dormi como o de costume. Lentamente tomo o café quente, enquanto, da janela, observo o morro. Daqui eu consigo vê-la. A aberração arquitetada por mim, num momento de profunda angústia, raiva e tristeza. Eu a coloquei no galho daquela árvore e na medida certa. Se não fosse o surgimento dos militares e da imagem na janela, eu teria consumado meu intento. Nem é melhor pensar nisso agora.

Me volto àquela árvore de minha infância. Lá, dava voltas e mais voltas em um tronco ainda jovem e cheio de vida. Tentava capturar todos os tipos de insetos alados, enquanto meu pai roçava o pasto e minha mãe fazia o almoço. Fumaça subia pela chaminé, e o cheiro gostoso de comida chegava rapidamente em minhas narinas. De onde eu estava, via meu pai manejando a foice, fazendo o capim deitar em sua volta. De lá, ele também me vigiava. Entre uma cuspida nas mãos e uma esfregada, ele olhava em minha direção, dava um sorriso e continuava a labuta. Sempre notei que ele evitava aquela árvore. Por quê?

Perdi meus pais muito precocemente. A morte, no caso deles, não fez curva pelas estradas de terra batida do Centro-Oeste deste país imenso. Meu pai morreu de demência antes dos sessenta e cinco anos. Por fim, acho que ele esqueceu como se respirava. Espancava minha mãe, porque não a reconhecia como esposa e nem como pessoa. Muitas vezes, a consolei nos ombros, enquanto lágrimas de um choro pesado e sangue de um nariz quebrado misturavam-se em minha camisa branca e puída, formando um desenho irreconhecível.

Minha mãe, coitada, morreu desgostosa. Ela fez muito por seu companheiro. Sofreu com ele, física e emocionalmente. Mulher guerreira! Enquanto havia força em seus músculos, cuidou da nossa terra; cuidou da gente. Sua pele se escureceu; suas mãos se calejaram. Como ela batalhou!

Já um moço de poucos anos, enterrei meus pais, enterrando também os sofrimentos passados. Cuidei do nosso pedacinho de terra com muito suor e aprendizado. Sempre observei como meu pai tratava a terra, a criação e as plantas. Em nenhum momento a natureza sofreu em minhas mãos. Não mudou de cor; não murchou; não morreu.

Não muito tempo depois, na feira da cidade, conheci minha futura companheira. Como ela lembrava minha mãe! Sozinha, ela cuidava do pai demente e de uma casa simples, no subúrbio da cidade. Comprava na feira porque era mais em conta. O pouco dinheiro em biscates em casas de família garantia sua sobrevivência mais a de seu pai. Nos casamos. Sua casa foi vendida a um preço irrisório. Seu pai foi morar com a gente. A roça fez bem ao cérebro daquele homem inquieto e confuso. Na maioria do dia, contemplava a paisagem à sua volta, com um olhar sereno, doce e amigável.

Ele permanecia sóbrio no buraco da parede, ora ornamentado com flores, velas e muita fé. O Santo, que no tempo abandonei, era adorado por todos nós. A cada criação salva das armadilhas da natureza; a cada fartura em alimentos; a cada pingo de chuva que molhava e fortificava a terra, eram momentos de agradecimento e oração. Meu sogro se ajoelhava conosco e rezava baixinho. Seu cérebro danificado mantinha intacto sua religiosidade e sua crença num Deus que iria me abandonar. Meu sogro parecia que entrava em transe espiritual no momento em que se curvava ao Santo de Barro. De duas em duas horas, lá estava ele com os joelhos já lesionados, rezando baixinho. Sentia-me feliz por suas orações. O Santo sempre nos ouvia, fazendo da nossa vida um ponto agradável na zona rural, da região da Santa Cruz.

De onde aquele Santo veio, não faço ideia. Quando me dei por gente, ele já estava no mesmo local, sério como sempre. Quando criança, rezava diante do Santo sem saber por que estava rezando. Não entedia muito bem aquele ritual, e nem os motivos de estar prostrado perante um Santo de Barro inanimado, que não falava; só ouvia. Quando adolescente, e a religiosidade já presente em mim, pedia ao Santo para meu pai reconhecer minha mãe e reconhecer o local que era sua vida. Tudo se apagou da mente dele. Às vezes, algumas memórias voltavam. Voltavam, também, o ímpeto de colocá-las em prática. Quantas vezes, na madrugada, eu e minha mãe resgatávamos meu pai, que roçava a capineira com uma disposição fora do normal. Alguém aprisionou meu pai em seu cérebro, libertando-o de tempos em tempos, até trancá-lo definitivamente, jogando a chave fora. O Santo não me ouviu, e meu pai partiu. Me zanguei com o Santo, passei a ignorá-lo. Mas foi por pouco tempo. Sempre que algo necessitasse de uma intervenção divina, lá estava eu, pedindo perdão e pedindo intervenção na necessidade a ele apresentada.

A água da chuva surrava o telhado. Relâmpagos e trovões cortavam o céu, regozijando pelo anúncio da gravidez, quando estávamos diante do Santo, pedindo que a tempestade não danificasse nada. "Por favor, Senhor! O que será do meu filho, ainda no meu ventre, se tudo que colocamos aqui fosse embora com as águas"? Com a súplica e revelação de Ana, a chuva se acalmou e nada foi danificado. Fiquei radiante, e entendi que o Santo tinha que receber essa notícia primeiro. Sim, pois sempre em minhas silenciosas orações, pedia a Deus que minha esposa me desse um filho. Foram muitos anos de tentativas frustradas. Não sei o motivo, mas Ana não conseguiu engravidar enquanto jovem. Só mais tarde, já com os cabelos embranquecendo, que Ana concebeu Joaquim. Após essa dádiva, prosperidades perdurariam até o momento da perda.

Ana pariu em casa. A parteira da redondeza, de mãos delicadas, apanhou meu filho ainda no ventre da mãe, acertando sua trajetória e expulsando-o para o mundo. Ela mesma enterrou o umbiguinho de Joaquim no nosso curral, cavando o buraco com as próprias mãos. Ali era um local muito importante para nós. Ali existia nosso gado, que era o prolongamento de nossas vidas. Joaquim não chorou quando nasceu e nem quando nos deixou. Aquele bebê, não sei o porquê, sempre me transmitiu o amor e o medo.

O primeiro ano de Joaquim foi relativamente tranquilo. Gostava de brincar com seu cachorrinho de pelúcia em frente ao Santo de Barro, vigilante. Por diversas vezes, notei o pequeno olhando para o Santo, e, rindo, oferecia-lhe o brinquedo. Quase todos os dias levava Joaquim ao curral para brincar com a vaca Mumu, que de tão mansa, deixava o menino montar em suas costas. Ele ria quando ela passava o rabo de vassoura no rosto dele. O menino também gostava do curral, pois ali uma parte sua estava enterrada.

4

A árvore. Um dia não me faltará coragem de contemplá-la de perto. Ela foi o abrigo de todos aqui. Sua sombra refrescava o gado e outros bichos que por ali passavam. Lembro-me que, quando criança, presenciei uma onça nela subindo com um bezerro recém-nascido, abatido no curral, curral que hoje se abate perante o tempo raivoso e constante. Meu pai e outros proprietários rurais a encurralaram na árvore. De longe e protegido por minha mãe, vi o grande felino saltar de uma altura de aproximadamente quatro metros, sumindo na vegetação, enquanto os vizinhos, com bambus, faziam descer o pequeno bezerro do pescoço molengo. Somente nesse dia vi meu pai se aproximando da árvore. Alguma coisa nela o mantinha distante. Desse dia em diante, mesmo na presença do meu pai, que sempre me levava ao grupo escolar, uma escola isolada rural, no pequeno povoado de Santa Cruz, sentia medo e olhava a todo tempo para a vegetação que nos circundava. Mas a onça nunca mais apareceu.

A árvore que sombreava os bichos, às vezes servindo de refúgio para eles, também era admirada por Joaquim. Ele gostava de se deitar de barriga para cima, sobre uma toalha aos pés dela. Com olhos arregalados, observava os galhos majestosos abraçando as nuvens e o sol.

A escola, na época de Joaquim, era um estabelecimento de ensino isolado rural, onde se ministrava a educação primária, num período de somente dois anos. Houve auxílio do Estado à população rural do povoado de Santa Cruz para que eles pudessem construir um grupo escolar, seguindo alguns critérios impostos pelo Estado. Infelizmente, Joaquim não concluiu sequer o primeiro ano da educação primária. Entretanto, foram muito proveitosas nossas idas à escola.

As idas e vindas da escola eram uma diversão à parte. Nas idas, tomava algumas lições de Joaquim, que se esforçava ao máximo para acertar todas as respostas. Ele não queria correr mais de cem metros atrás da charrete, que produzia uma poeira fina e pegajosa. Mas, no fundo, ele gostava de errar algumas questões, só para dar umas esticadas nas pernas. Na volta, ele me explicava o que havia aprendido na escola. Se eu errasse as respostas que ele formulava, teria que correr uns trezentos metros atrás dele, do cavalo e da charrete barulhenta.

Meu pai sempre foi um homem fechado para o mundo. Parecia que trazia consigo um peso enorme nas costas. Peso este invisível para mim e para minha mãe. Quantas vezes peguei meu pai, de joelhos, chorando baixinho diante daquele Santo mudo. O que meu pai trazia de tão terrível, invisível e pesado foi-se com ele, como o nevoeiro da manhã dissipando-se ao esquentar do sol. Por que o Santo nada dizia? Não mostrava um caminho? Não libertava meu pai das amarras do passado? Essas amarras prenderam-lhe o corpo, sufocando-lhe a fala e o cérebro. E o Santo continuava lá, alheio a tudo. Quando meus pais se foram, tive vontade de quebrar aquela peça de barro em mil pedacinhos, para que nunca mais fosse montada. Não sei por qual razão, mas nada fiz contra o Santo. Continuou mudo, ignorado e enterrado no buraco da parede. Esse seria seu destino por ser tão ineficiente e calado.

Joaquim crescia forte, curioso e introspectivo. Eu corria atrás da charrete cada vez mais, por não ter acertado as respostas das perguntas por ele formuladas, nos solavancos para frente e para trás de um terreno desnivelado.

Muito cedo, Joaquim começou a construir Anjos de papelão, que ficavam pendurados em seu quarto. No começo, os Anjos saíam disformes, com asas desproporcionais que lhes dificultavam o voo. Mas, com o tempo, ficaram cada vez mais realistas. Poderiam voar com maestria em todos os cantos do quarto, despertando o ciúme dos Anjos primogênitos, que continuavam desproporcionais e pendurados.

"Papai, um Anjo estava em meu quarto". Não parei de ordenhar a vaca ao ouvir Joaquim dizer aquilo. Simplesmente entrei naquela conversa, já que crianças têm seus amiguinhos imaginários e não podemos destruí-los com nosso excesso de maturidade.

"E como ele era, filho?"

"Não sei, papai. Não vi seu rosto direito. Ele estava muito iluminado e passava a mão no meu cachorrinho."

"O que ele te falou, meu filho?"

Estendi a conversa, dando mais credibilidade ao acontecido.

"Não falou nada. Ria para o cachorro e para mim."

"E os outros Anjos de papelão?"

"Todos se transformam em um Anjo só, papai."

Achei brilhante. Como é fértil o imaginário de uma criança.

Esse encontro foi o primeiro de muitos que ocorreram. Joaquim não avançou em sua imaginação. Seu imaginário fértil, do nada, ficou pobre e sem nutrientes. A história, sempre a mesma. Os Anjos de papelão se fundindo em um só; o sorriso e o carinho com o cachorro de pelúcia; a luminosidade do ser celestial. Joaquim só me contava sobre o Anjo quando eu estava ordenhando as vacas. Ele tinha o hábito de pegar uma caneca com açúcar e direcioná-la para as tetas inchadas. A pressão do leite produzia uma espuma espessa, que produzia um bigode branco de velho sobre os lábios de Joaquim, assim que ele bebia o leite da caneca. Eu nunca perdi a oportunidade de desfazer aquele bigode branco com o dedo polegar. No começo, foi por instinto. Depois, transformou-se em uma brincadeira. Ele saía correndo do curral protegendo seu bigode de leite a qualquer custo. Eu, largava as tetas da vaca e saía correndo atrás dele. Meu coração dói muito quando lembro disso.

Os Anjos apareceram juntamente com uma dor de cabeça forte. Joaquim estava com seis anos quando passou pela primeira crise de dor. Estava se arrumando para ir à escola. Nos assustamos quando vimos nosso filho cair desacordado, do nada. Nossa sorte foi que ele voltou a si rapidinho. Após examiná-lo no hospital da cidade, o médico disse ter sido apenas mal-estar. Receitou Biotônico Fontoura, pois desconfiava que Joaquim estava com anemia. Nenhum outro exame específico foi realizado.

5

Tomo outra xícara de café. A árvore e o morro estão lá me vigiando. Estão vigiando todos os meus passos, agora que sabem que estou ficando louco ou coisa assim. Minha cabeça dói um pouco. O café amargo desce queimando. Tudo ali queima. O sol não perdoa a falta de água e do relapso que incorporou em mim. Deixei de cuidar do nosso lugar, que agora se resume "a meu lugar". O sol queimava as plantas, desbotando tudo ao seu redor. Me afastei de tudo e de todos. Um eremita espreitado pela morte ou por minha imaginação, perturbado e esquecido.

Cochilei por instantes. Ouvi o mesmo grito de terror do passado. Grito que saiu do morro, do pé da grande árvore, e se alojou em meus ouvidos, fazendo-me lembrar daquela tarde fria do mês de junho, em que minha mãe encontrara meu pai já sem vida, ajoelhado e abraçado ao tronco da árvore, como se pedisse clemência aos pés de um carrasco. A árvore continuava lá, serena e exuberante. Seus verdes e enormes braços balançavam ao vento, indiferentes ao cadáver colapsado aos seus pés. Depois disso, minha mãe durou pouco. Entregou a luta que jamais venceria, mesmo suplicando ao Anjo. Morreu dormindo e serena numa manhã de domingo.

"Nós amamos você, José". Aquela voz suave soprou em meu ouvido, produzindo um leve frescor que percorreu todo meu corpo, se alojando com a tremura do meu medo em meus membros inferiores. Saí da casa correndo, me escondendo no curral. Ofegando agachado em um canto do cocho, permaneci de olhos fechados, esperando a voz se manifestar novamente. Essa voz doce e assustadora se manifestou logo após o grito da minha mãe. Como só se ouvia o balançar das patas do gado no curral, saí de mansinho, abrigando-me na cama do meu quarto.

Não sei o que ocorreu comigo após esse último acontecimento. Fui pulsado por uma coragem incrível, fazendo dissipar todo o medo que existia em mim. Olhando para o telhado preto, fui tomado por recordações nítidas em seus mínimos detalhes. Fui inebriado a recordar, passo a passo, a trajetória angustiante de Joaquim.

Meu primogênito não conseguiu mais ir à escola, tamanha era a dor de cabeça que sentia. Sei que ele sentia, mesmo dizendo que não. Quantas vezes em seu quarto me deparei com ele, meio que desligado, fazendo movimentos circulares em sua cabeça com os Anjos de papelão. Os desmaios repentinos eram constantes. Ele perdia peso rapidamente. Sua cor já não apresentava o viço de outrora. Suas idas ao curral também minguaram. O leite não produzia mais o bigode branco que era retirado por mim após uma perseguição pelo curral.

Jamais ficaríamos indiferentes a isso tudo. Ana ficou por conta do filho. Quando não estava cuidando do filho e do pai, estava rezando em frente ao Santo. Seu pai piorava a cada dia que passava. Sua mente foi se apagando. Já não rezava em frente ao Santo. Às vezes, ficava agressivo, chamando todos ali por nomes diferentes. A vida tinha se tornado dura demais.

Jorge pagou direitinho. Três vacas de leite foram a ele vendidas e candiadas para a sua propriedade. Jorge sempre foi um vizinho de bom coração. Se eu contasse o motivo da venda, ele iria fazer de tudo para ajudar, sem onerar meu patrimônio. Mas sou assim, fechado para o mundo. As questões de família têm que ser resolvidas em família.

Paguei pelo raio-x. Morri pela metade quando o médico me passou o diagnóstico. Tumor maligno no cérebro, do tamanho de uma laranja. Meu filho estava morrendo e eu nada podia fazer. Fiquei sem chão. Lembrei-me de Ana; do Santo de Barro. *"Infelizmente, ele tem pouco tempo. Leve ele para casa. Dê a ele muito carinho e amor"*. O médico olhou em meus olhos, antes de voltar a fixar os olhos nas chapas de raio-x. Antes de eu insistir em uma outra forma de curar meu filho, ele falou que, bem recentemente, havia sido inaugurado em Belo Horizonte, Minas Gerais, o Instituto do Radium, dedicado à pesquisa e tratamento do câncer. *"Pois bem. Se o tumor estivesse ainda em seu início, aconselharia uma consulta ao instituto que lhe falei. Na condição que seu filho se encontra hoje, dificilmente ele aguentaria uma viagem tão longa. Sinto muito!"*

Meio que sonolento, Joaquim saiu do quarto da enfermaria. Voltei do hospital decidido a levar meu filho ao instituto em Minas Gerais. Venderia todo meu gado. Pediria ajuda a Jorge. Venderia a roupa do corpo se fosse preciso. Enquanto meu filho respirasse, ele teria uma chance. Rezaria o dia todo aos pés do Santo, implorando-lhe pelo meu filho. Montaria um altar mais bonito e florido. Pensei nas mais absurdas promessas. Na charrete, ele veio deitado em meu ombro. *Cansado, Joaquim!* Sua cabeça balançava com o trotear do cavalo. Dormia agarrado a mim e aos Anjos de papelão.

Seria uma atitude estranha e pouco racional. Mas o medo da perda faz isso com a gente. Com muita delicadeza, retirei os Anjos de Joaquim, colocando-os na altura do meu coração, por debaixo da camisa. Fechei os olhos, chorei, pedindo por um milagre. Esfreguei aqueles Anjos em meu peito até que queimassem minha pele. Depois, dei-lhes sucessivos beijos, antes de aconchegá-los novamente nas mãos semiabertas de Joaquim.

Minha mulher aguentou firme. Chorou silenciosamente com a notícia. Ela sempre foi mais forte que eu. Sua força veio da lida com o pai. Concordou com a venda de tudo que fosse possível. Concordou com a ajuda de Jorge. Acreditou no médico, sem desacreditar em Deus. Que Deus, através do Santo, tinha proporcionado muitas graças. Que o milagre viria, e nosso filho seria curado.

Naquela mesma tarde, retiramos o Santo de seu buraco e limpamos o altar, ornamentando-o com lindas e diversificadas flores. Ao anoitecer, nos reunimos para rezar e pedir pela cura de Joaquim. Nesse momento, nosso filho já estava dormindo, dessa vez agarrado também ao cachorro de pelúcia. O médico disse que o sono seria constante, pois o tumor já forçava e causava pressão em algumas partes importantes do cérebro. O pai de Ana também estava deitado. Seus olhos, quietos e arregalados, se fixavam no telhado. Ele estava muito distante dali. Talvez num ponto mais distante do universo. Talvez num ponto mais distante e impenetrável do próprio cérebro.

Mãos unidas. Olhos fechados na direção do Santo. Pedimos, de imediato, a cura. Se isso não fosse possível, que Joaquim ao menos ficasse bom o suficiente para viajar a Minas Gerais. Pedimos, também, a bênção na venda de todos os gados e na bondade de Jorge. Tudo teria que ser resolvido o mais rápido possível, pois nosso filho tinha pressa.

Não apagamos as velas do altar. Fomos dormir com o corpo leve e a fé pesada. Antes de entrar em meu quarto, me dirigi ao Santo, dando-lhe um último beijo na testa. Minha mulher foi dormir com Joaquim. Meu sogro continuava sua viagem rumo ao esquecimento.

Acordo aos pés do Santo com gritos socando a porta, que sufocava o silêncio da noite. No quarto, me deparo com Ana acalmando o pai. O corpo dele tremia; o olhar de Ana se perdia. Mãos tentavam a qualquer custo acalmar aquela alma. Por fim, colocamos ele na cama. Seu corpo ainda estava retesado. Sua alma começava a tranquilizar-se. Ana retornou ao quarto do filho, enquanto permaneci mais um tempo sentado ao lado daquele homem inexistente. Mais um grito. Ana se desesperou. Quando saía ao seu encontro, ela passou por mim e pulou em seu pai, esbofeteando-lhe a face e gritando que ele tinha sido o culpado pela morte do filho. "Você matou meu filho, seu desgraçado!". Lembro-me muito bem dessas palavras. Ela culpou o pai pelo simples fato de ter se ausentado do quarto do filho, no momento em que o pai gritava. Achou que a presença dela protegeria o filho da morte.

A escolha, em certos casos, é instintiva. Escolhi correr ao encontro de Joaquim, enquanto abandonava o sogro à ira das mãos de minha esposa. Saí daquele quarto acabado. Caminhei na escuridão em direção ao curral. Sentei no mesmo local que a parteira enterrou o umbigo de Joaquim. Chorei até que o sol brilhasse em minha face. Daquele dia em diante, ignoramos o Santo. Chorei a morte de minha esposa sem sequer pensar N'Ele.

6

"Papai, nessa noite, o Anjo passou a mão na minha cabeça. Minha dor sumiu e dormi até agora... O que tenho, papai? Por que essa dor não vai embora para sempre?"

Como dar uma notícia tão cruel a uma criança? Dizer que ela estava prestes a morrer, sem ter a chance de passar por todas as etapas de uma vida. De brincar com seus Anjos e correr de mim pelo curral com o buço branco de leite; de obter o ensinamento na escola; de entrar na adolescência com a rabugice de um jovem com sua voz mudando de tonalidade e espinhas explodindo no rosto; de entrar na fase adulta, aplicando o conhecimento adquirido no passado; de casar e ter filhos e netos, talvez! De observar os cabelos grisalhos e os sulcos da pele que riscando a face; de morrer dormindo, sem dores, aconchegado em uma cama quentinha. Mas tudo isso será possível, com a graça do Santo de Barro. Pensei.

Digo somente que a dor vai passar. No seu quarto, conduzo os Anjos por todo seu corpo, fazendo sons estranhos com a boca. Ele ri, se agarrando ao cachorro de pelúcia. Um cachorro defeituoso que era a coisa mais normal e sublime para Joaquim.

Agora, olhando para o teto, tenho certeza de que aqueles Anjos eram somente papel; que aquele Santo, que deve estar de ouvidos tapados agora, é apenas um barro qualquer, produzido por um qualquer, que aqui chegou sendo bem recomendado por seu criador; que o instituto de Minas Gerais será apenas uma imagem longínqua em minha cabeça.

Recordo, com uma memória assustadora, dos dias antes da partida do meu filho. Dos desmaios, das dores, da mudança de tonalidade da pele. Durante o dia, ele não saía do quarto. Delirava de olhos abertos, sendo sempre confortado por Ana. À noite, a dor ia embora. Nos delírios do dia, Joaquim dizia que o Anjo se fazia presente, e que sua dor partiria à noite. Me perguntava por que o Anjo não deixava meio filho bem também durante o dia. O quarto estava sendo sua prisão, controlado por um Anjo carcereiro e carrasco.

Enterramos Joaquim. O dia estava nublado, propício à chuva. Jorge e a família também compareceram ao sepultamento. Ele, no início, passou a frequentar mais a minha casa, mostrando sua solidariedade peculiar. Até tentou nos tirar do fundo do poço, lançando sua corda de assistência. Acho que percebeu que sua ajuda seria em vão. Suas visitas ficaram espaçadas, até minguarem de vez. Como estávamos no fundo do poço, não interessava visualizar seus arredores. Bastava a visão do céu, às vezes limpo, às vezes nublado.

Em pensar que num curto espaço de tempo regressaria à última morada e sepultaria também meu sogro e minha esposa. Guardaria naquela terra infértil dois corpos. Um, dilacerado pela dor; outro, dilacerado na memória. Coitado! Morreu sem saber da própria existência.

Aos poucos, minha mulher escalou as paredes úmidas do poço, alcançando sua borda. No começo, foi apenas uma verificação com o olhar. Depois, do poço saía, caminhando aos arredores. Voltou a cuidar do pai e a rezar em frente ao altar daquele ser barroso. Pediu perdão ao pai pelo destempero do corpo e da alma. Ele, nada tinha a perdoar. Desconhecia a palavra perdão. Da sua mente, apagou-se a agressão sofrida; a morte de Joaquim; a existência de nós. Pobre alma!

Às vezes, o fundo do poço incomoda por sua escuridão e frieza congelante. Mas me acostumei com aquele lugar. Ali, tenho a presença da ausência, e isso me machuca muito! Todos os dias, minha esposa tentava me içar. Até hoje, sinto que ela joga a corda. Mas me falta força sequer para abraçá-la com as mãos.

Confesso que fiquei relapso com minhas obrigações com a vida. Nem percebi meu sogro sair de casa, sem rumo. Ele, que adquiriu uma dificuldade motora incrível, conseguiu sair da cama, passar por mim e embrenhar-se na mata. Durante esse fato, Ana se encontrava no curral juntando o esterco e tratando do gado. Quando se deparou com a ausência do pai, ficou quase louca, esquadrinhando as imediações e gritando pelo seu nome. Eu não tive a coragem sequer de me levantar da cadeira devidamente aprumada em frente à janela. Dali, avistei Ana passando pela grande árvore e sumindo na mata, logo adiante. Daquela mesma cadeira, avistei Ana gritando, desesperada, que o pai havia morrido.

O grito é um excelente despertador para um corpo torporoso e uma alma dormida. Não sei como, mas saí feito louco ao encontro de Ana. Acho que saí voando, mesmo que momentaneamente, do poço que me abrigava. Abriguei e afaguei um corpo que vertia suor e lágrimas.

A polícia retirou da mata o corpo envolto em um saco plástico. Fui com os policiais ao local onde meu sogro depositou sua alma. Quase idêntico ao ocorrido com meu pai. Ele estava sentado, encostado em uma árvore, com o olhar parado em direção ao verde que absorveu todo o mal que corroeu sua cabeça. A grande árvore e a floresta que a circundava estavam levando toda a minha família. O mal ali se camuflava, fazendo-se passar por um local exuberante e puro. Aquele lugar sempre me atraiu. Estava também me atraindo para a morte.

A polícia foi informada, por mim, que meu sogro sofria de demência em um estágio bem avançado. Já era praticamente um morto-vivo. Vivo somente do pescoço para baixo. Minha mulher estava sofrendo muito. Depois que Joaquim nos deixou, meu sogro passou a fazer suas necessidades fisiológicas em frente ao altar daquele Santo. Confesso que sentia prazer mórbido quando via meu sogro vertendo água aos pés daquela coisa. Depois, ficava demasiadamente arrependido, pois presenciava minha esposa limpando tudo com o maior carinho.

Foi só meu sogro desaparecer sob um monte de terra vermelha e podre, que minha falta de vontade retornou feito um relâmpago. Prostrei-me novamente em frente à janela, observando o dançar daquele ser arbóreo que passei a admirar e a temer.

Me isolei até da mulher que mais amava. Minha raiva era extrema quando ela se ajoelhava em frente àquela escultura nefasta. Será que minha mulher não sabia que toda a desgraça que abateu sobre nós teve o dedo daquele barro branco personificado? Isso me afastava mais e mais de Ana, a ponto de desejar dar um fim em minha própria existência.

Covarde! Esta é a palavra que me resume. Não me importava em contaminar toda a minha geração, que se resumia somente a Ana. O sofrimento que ela sentiria seria irrelevante. Não estaria mais aqui para ver esse sofrimento amplificado. Não queria mais absorver toda a decepção e raiva de uma mulher forte. A morte me ocultaria da fraqueza a mim atribuída por uma mulher que não perdeu a esperança de viver dias melhores.

Por que minha mulher partiu antes de mim? Cadê sua força que sempre admirei? Cadê sua vida, Ana? Como pôde partir assim, sem viver dias melhores? Sem conseguir mais arrancar de mim um sorriso espontâneo e feliz? Como eu queria sorrir, Ana! Falar, gritar, viver, te amar! Queria tanto pedir perdão pelo moribundo que me tornei! Pedi perdão por ter fugido das orações naquele seu último dia de vida, quando sua mão insistia em segurar a minha, que escapava sem remorsos! Infelizmente, isso não será possível. Seu coração parou de repente, fechando todas as passagens. Se fechou para mim; para o mundo; para sempre.

Alguns dias depois, a árvore me chamou com seu assobio provocado por rajadas de vento em galhos exuberantes. Assobiou tanto que resolvi atendê-la, munido de uma corda de amarrar gado. Serei o covarde que Ana observou. Agora, minha partida não trará consequências. Quem souber, pedirá por minha alma sem sofrer o coração. Serei comentários por alguns dias, até sumir da boca do povo.

A tarde estava tão bonita quando saí de casa. Um último olhar oblíquo para o Santo ou demônio. Não sei definir. No fundo e naquele momento, acreditei que seria um Santo. Que diria para que eu não prosseguisse naquela loucura fatal. Mas acho que é um demônio, mesmo. Ficou tão quieto com minha iminente saída, que pensei que ele anuía com aquilo tudo. "Fique com o Diabo! Adeus, coisa de barro!"

7

Enquanto deslocava-se da casa à árvore, toda minha vida passou rapidamente por minha cabeça repetidas vezes. O sol não queria testemunhar minha iminente destruição. Também, não percebi quando ele se escondeu atrás da vegetação maciça. Os pássaros, que nesse período da tarde cantarolavam diversas melodias, estavam calados. Estavam escondidos entre folhas que já assumiam uma predominância escura, por iminente ausência de luz.

A natureza se fingia de morta. Nenhum vento acariciava as plantas; nenhum ser vivo manifestou sua presença. Parecia um cortejo fúnebre, iniciado no pequeno deslocamento, que separava a vida da morte.

Por três vezes, escorreguei minhas botas na casca seca da árvore, ao tentar subir. Sentia que mãos invisíveis estavam me puxando para baixo. O primeiro galho mais grosso estava a pouco mais de dois metros do solo. Com muita dificuldade, alcancei esse galho, laçando seu tronco com a corda.

Montei nesse galho como se monta em um cavalo. Por alguns instantes, fiquei com as pernas balançando ao ar, enquanto minhas mãos seguravam a parte da corda que seria encaixada em meu pescoço. Por fim, dirigi um último olhar à casa de minha vida. A deixaria para a coisa de barro, já que seu destino seria o de ali ficar até o fim de tudo.

A metade de um corpo desfocado pelo crepúsculo que se iniciava me olhava da mesma janela que servia de amparo à minha solidão. Como alguém entrou em minha casa sem ser notado? Será que meu sentido de percepção foi bloqueado quando dela parti xingando o Santo? Enquanto essas perguntas eram formuladas em minha mente, a imagem retrocedeu, se escondendo atrás da parede. Segundos após, ouvi pés agitados, amassando plantas menores no interior da mata já escura. Não sei como aconteceu, mas eu já estava em terra firme, olhando em duas direções. Não sei se da árvore pulei ou dela fui empurrado. Isso agora não importava. Importava saber em qual direção minhas vistas iriam se fixar. Se no intruso em minha casa, ou no estrondo de boiada que estava na iminência de sair da mata.

Cinco militares armados furaram a cortina verde, andando com certa dificuldade em minha direção. Na trilha que levava à árvore, três deles estavam à retaguarda, indicando apoiar os dois à frente. Todos bem debilitados.

Lembro-me perfeitamente o quão estropiados estavam aqueles militares. Fardas sujas e rasgadas; feridas pelo corpo. Um tenente, um sargento, um cabo e dois soldados. O tenente e um soldado estavam com lacerações nas pernas, dificultando-lhes os movimentos.

Receosos, se aproximaram – mas não perceberam a corda pendurada no galho da árvore. Estavam assustados. Me pediram abrigo e esconderijo. Um pouquinho de atraso seria o suficiente para que encontrassem dois homens. Um, pendurado pelo pescoço. Outro, dentro da minha casa. Pensei em falar sobre o intruso quando o tenente perguntou se havia mais alguém na casa. Disse que não. Até porque não tinha certeza daquela visão. Ultimamente estava tendo alucinações. E se aquela imagem fosse um fruto da minha mente doente? E se fosse outro militar desgarrado? Se havia alguém lá, iríamos descobrir logo.

Nada. Mais uma vez, minha mente brincou comigo. Não havia ninguém na casa. Tudo estava imóvel e em silêncio. Engraçado! Jurava ter visto a estátua de barro virada para frente quando saí da casa. Não dei muita importância se ela agora estava um pouco oblíqua à porta de saída. Queria, talvez, se certificar da minha partida.

A casa voltou a estar cheia de pessoas. Todos ali guardavam segredos. Carregavam nas costas o peso de uma vida. Vitórias e derrotas estampavam suas faces. Foram camaradas, porém, discretos. Nada perguntei, visando a desobrigação de falar sobre minha vida. O que eles achariam do final, quando a corda resistisse ao peso do corpo, interceptando-o a poucos centímetros do chão?

Tomaram banho e jantaram o restante da comida que eu tinha feito no almoço. Estavam esfomeados. Nenhum grão de arroz sobrou no fundo do prato. Cortei babosa para passarem nos machucados. Como vestiram a farda suja, se acomodaram com suas armas em cobertores estendidos ao chão, em frente à estátua, que se recusava a olhar para frente. O tenente disse que queria dar o menor trabalho possível. A todo momento, agradecia a estadia e a bondade. Por fim, disse que iriam sair bem de madrugada.

Não preguei os olhos naquela noite. Um soldado também não. Passou a noite inteira rezando em silêncio em frente à estátua. Pensei comigo: "Se o suposto Santo não ajudou minha família, faria muito menos por um desconhecido". Nem para o pobre militar a estátua olhou.

Partiram no mais absoluto silêncio. Fizeram questão de dobrar os cobertores. Num pedaço de papel dobrado e preso sob a estátua, havia os seguintes dizeres: *Obrigado por tudo. Um dia retribuiremos. Um dia, seremos um Estado forte.*

8

"Nós amamos você, José". Aquela voz ainda ecoava em meus ouvidos. Da cama, me levanto e caminho em direção à janela. Não me lembro de tê-la deixado aberta ou fechada. O que importa? A árvore e a corda continuam no mesmo lugar.

O dia avançava rapidamente. Aliás, os dias avançaram rapidamente após a partida dos militares. Resolvo passar um café. Havia me esquecido onde teria colocado o pó. Após algum tempo, o encontro. Para minha surpresa, a chaleira sobre o fogão está cheia de um café cheiroso e quente. "Como assim? Mas eu não havia passado café, que eu me lembrasse. Estava na cama, após ouvir a voz. Tenho certeza absoluta que de lá não saí até este momento". Questiono meu cérebro, sim, já que o pó de café também não estava no local de costume.

Muito esquisito e de pouca explicação. Ultimamente, coisas sobrenaturais estavam convivendo comigo. O toque em meu ombro; a voz em meus ouvidos; o café quente e cheiroso; uma pessoa me observando da minha janela. Algo habitava em minha mente ou em minha casa.

Pego a caneca e provo do café fantasma. Muito mais saboroso! Agora, tenho certeza de que eu não o havia passado. Geralmente, o meu café fica muito doce e aguado.

Mais uma vez, sinto medo. Só que dessa vez a cama não foi o meu esconderijo. Permaneço por um longo tempo encostado na mesa da cozinha, de cabeça baixa, tentando entender o que não havia entendimento. Por questão de segundos, cochilo. "Acorde"! Salto para debaixo da mesa, enquanto meu coração salta no peito. A voz se manifestou numa tonalidade rude, alta e sem paciência, me deixando acuado, feito um cachorro na iminência de ser surrado.

Não sei por quanto tempo permanecerei naquela posição de vulnerabilidade. Atentos estão meus olhos e ouvidos. Começo a ouvir passos pisando em folhas secas. E pelo farfalhar produzido, era mais de uma pessoa andando pelo quintal. O som cessa em frente à porta da cozinha. Silêncio absoluto. Eu só ouço minha respiração pesada e meu coração a tamborilar a caixa torácica. Os passos começam a se afastar até ficarem inaudíveis. De mansinho, saio debaixo da mesa e agarro a foice que está no canto do armário.

Há tempos não recebo visitas. Quando elas se manifestavam, gritavam pelo meu nome na chegada. O Jorge, quando me visitava, batia ruidosas palmas ainda na porteira da entrada. Suas mãos grandes e largas produziam um som que se escutava a mais de duzentos metros de distância.

Cuidadosamente, e me esfregando com as costas na parede, alcanço a janela, colocando a metade do corpo para fora. O choque é grande e instantâneo: me avisto em cima daquela árvore, prestes a colocar aquela maldita corda no pescoço. Ele também me avista. Não! Eu me vejo na árvore, enquanto eu, na árvore, me vejo na janela.

Recuo para trás da parede, retrocedendo também minhas recordações. Com a respiração ofegante, concluo que naquele dia, instantes antes da chegada dos militares, quem estava me observando da casa era eu mesmo. Mas como isso pôde acontecer? Realmente estou maluco! Antes que minha razão fosse totalmente neutralizada por uma raiva repentina e incontrolável, consigo me lembrar de ter visto também, através da visão periférica, já que a visão principal estava em mim com a corda quase no pescoço, duas pessoas embaixo da árvore, assistindo à minha quase derrocada, com as mãos em posição de oração. Não deu para decifrar, mas se tratava de uma pessoa adulta e uma criança.

Entrelaço as mãos sobre a cabeça e vocifero por Joaquim; por minha esposa; pelo maldito Santo de barro; por meu sogro; por meus pais; por Deus; pelo Diabo. Sinto meu corpo levitar, quando corro na direção da árvore.

Meus olhos cerrados; minha mente desejando somente que a corda obstruísse o sangue quente que no cérebro chegava, queimando os últimos neurônios.

Olhos cerrados, sim. Não quero me ver na árvore com aquele olhar de covarde derrotado. Não quero me deparar com aqueles militares acabados, com seus segredos intactos, sem uma ferida qualquer. Não quero me deparar com a criança, muito menos com o adulto. Não sei se torcem para que eu pule para a morte.

Tateio o tronco começando a subi-lo. Alcanço o galho. Seguro a corda ressecada pelo tempo. Grito mais uma vez o nome de Joaquim. Não quero que ele me ache um covarde. Quero que ele entenda que fui desamparado pela solidão. Que a vida sem ele não faz o menor sentido. Que minha morte não deixará sequelas no mundo. Mas ele não me ouviu e sequer viu quando finalmente ajusto a grossa corda no pescoço e pulo.

ÁGGELOS EM ANA

1

✝

Sou um mensageiro do Senhor Deus. Milhares de humanos me idealizam com asas de pássaros e halo sobre a cabeça ou com a virtude e inocência de uma criança. Não sou semelhante ao ser humano, mas o amo. Por isso, não me importo com suas idealizações sobre mim. Não sou caído. Minha missão é aproximar a humanidade a Deus. Aqui estou há milhares de anos convivendo com a criação mais complicada do meu Pai.

Attinere. Farei parar, por momento, conjecturas sobre mim. Aqui, minha missão é contar a história de Ana, por ela mesma. Quem narrará é Ana, através de mim. Permissão me foi dada para expor somente a partes importantes da vida de Ana em comunhão com José. Seu começo, seu meio e seu fim. Nada além disso.

Conheci meu marido na feira da cidade. Jovem moço com uma expressão tão responsável. Trocou a primeira palavra comigo somente no quarto encontro, diante de uma barraca de verduras e legumes. Começamos a namorar e, passado algum tempo, nos casamos.

Meu primeiro contato visual em minha nova casa foi com o Santo, devidamente posto em um altar dentro da parede. Sempre fui uma pessoa religiosa, de muita fé e devota a Santos. Naquele primeiro encontro, mantive um culto privado, onde me identifiquei e pedi proteção a uma nova vida que estava começando. Meu pai, já com um distúrbio mental progressivo, também parou em frente ao Santo, rezando silenciosamente. O teor de suas preces jamais conhecerei. No entanto, tenho certeza de que foram bons pedidos, saindo de uma mente em processo de declínio.

Meu marido cuidava bem de todos nós. Sua lida na roça era impressionante. Fazia sol ou fazia chuva, lá estava ele consertando, plantando, criando e cuidando. O Santo estava ao nosso lado na prosperidade da roça e na comunhão de nossa nova família.

No curral, sua lida era árdua e cansativa. Nem bem o sol desgarrava da montanha, ele já estava ordenhando as vacas e fazendo pequenos consertos nas madeiras que separavam o gado adulto dos bezerros. Horas depois, já estava cortando capim e limpando o esterco do curral, espalhando-o sobre a horta de verduras e legumes.

Hora de servir o almoço. Nós três ajoelhávamos em frente ao Santo, agradecendo por tudo. Meu marido prendia com a mão direita o chapéu no peito e rezava baixinho. Algumas palavras eu entendia; outras, não conseguia. Talvez ele pedisse algo muito pessoal, e que não poderia ser compartilhado com todos ali.

Após o almoço, outras tarefas eram desempenhadas. A roçada no pasto, a arrumação da cerca, a recolhida do gado no curral e o tratamento das bicheiras, que por ventura eclodiam após o gado se ferir ao tentar arrombar a cerca.

As horas passavam rápido demais. Além de cuidar de toda a casa, da horta e das galinhas, não tirava os olhos de meu pai. A cada dia, sua mente apagava um pouco mais. Havia momentos de perfeita lucidez. Ajudava meu marido naquilo que era possível, além de contribuir fisicamente com a arrumação da casa.

Lá estava meu pai prostrado em uma cadeira na varanda, olhando para o nada. Como disse, havia momentos bons e momentos ruins. Nesses momentos ruins, ele fechava a boca e a mente. A toda hora perguntava o dia da semana e o dia do mês.

Em frente ao Santo, ele rezava quase o dia inteiro. Com a mente funcionando ou não, a oração ao Santo era sagrada. Como meu marido, sua oração era silenciosa. Fixamente olhava para o Santo por cerca de dez minutos, sem sequer mexer um músculo. Não sei o que acontecia, mas a simbiose com o Santo era perfeita.

Sempre percebi que meu marido queria um filho. Às vezes, essa intenção se escondia momentaneamente entre outras palavras conversadas. Ele nunca questionava diretamente a minha não gravidez. Eu também não saberia explicar, se fosse questionada. Por muito tempo, me senti constrangida com essa situação. Passava dias aborrecida e muda. Meu marido percebia minha irritação e mudez. Mas sempre respeitava esses momentos.

Agora entendo as orações silenciosas diante do Santo. Meu marido, com certeza, pedia ao Espírito Santo que sua esposa engravidasse. Suas preces foram atendidas. Como meu marido, passei também a pedir que o Santo intercedesse junto a Deus Pai, silenciosamente. Foi num dia de forte tempestade que meu silêncio foi ouvido. Fiquei com bastante medo de nossa roça ser destruída pela forte chuva. Meu filho não poderia nascer num local arruinado pela força da natureza.

Uns meses antes, eu já sabia que esperava um filho. Aguardava o momento certo para falar ao meu marido. O Santo, mais uma vez, atendeu aos nossos pedidos. Nossa roça, intacta, só prosperava. Meu pai passou a ter dias e mais dias de uma lucidez surpreendente. Com isso, tive mais tempo de cuidar direitinho da minha gravidez.

Na verdade, senti fortes dores quando a parteira me encorajava a expulsar do meu ventre o filho mais esperado. Ele queria nascer, pois sentia que seu corpinho fazia força para conhecer o mundo. Fazia força para conhecer o pai, seu avô, nossa roça cuidada com tanto esmero, o gado no curral, as galinhas, a bela árvore que existia nas proximidades de nossa casa. Essa árvore seria o abrigo do meu menino em seus momentos de brincadeiras. Essa árvore iria protegê-lo do forte sol. Seria seu ponto de equilíbrio. Seu lugar mais que favorito.

O umbiguinho de Joaquim foi enterrado no curral em um buraco cavado com as mãos. Todo o sangue que manchou as mãos da parteira foi misturado à terra retirada do buraco. Ela esfregou a terra nas mãos e punhos, formando uma pequena bola de terra, de cor indefinida. Após realizar uma silenciosa oração, envolveu o umbiguinho na bola de terra, sepultando-o definitivamente.

Meu filho mamava dormindo, mamava acordado. Aprendeu, com o tempo, a mamar e a enrolar com os pequenos dedos meus cabelos que lhe caiam sobre o tórax. Quando os dedos cessavam o enrolar dos cabelos, deixando-os cacheados da raiz à ponta, os lábios também deixavam de exercer a sucção e pressão nos mamilos.

Encantador assistir ao crescimento de Joaquim. Não perdi nenhum centímetro acrescentado por Deus. Todas as mudanças em meu filho, mesmo as mais sutis, foram percebidas por mim.

Certa noite, tive um sonho muito estranho, talvez revelador. Sonhei que dormia quando dava de mamar a meu filho. Por um instante, percebi que ele realizava um processo de sucção mais suave no mamilo. Aí acordei. O susto foi imenso. Havia um Anjo mamando no lugar de Joaquim, enquanto suas asas acariciavam meus cabelos. Acordei de novo, apavorada. Só que agora, de verdade. Joaquim estava em seu berço, enquanto meu marido tentava me acalmar.

Aquele Anjo nunca mais apareceu em meus sonhos. Mais tarde, ele apareceu nas mãos de Joaquim, moldado em papelão. Quantas vezes presenciei meu menino, ainda pequeno, produzindo Anjos e mais Anjos de papelão, enfeitando todo o quarto.

2

Joaquim crescia como uma planta em um canteiro estercado e úmido. Crescia também sua admiração por Anjos. Seu quarto era cheio deles, que balançavam ao ínfimo toque do vento, pois eram pendurados em linhas e presos ao teto. Também compunha aquele cenário de imaginação o cãozinho de pelúcia defeituoso. Este ficava ao lado de seu travesseiro, olhando para a porta.

Meu marido era louco por Joaquim. Mais grandinho, ele acompanhava o pai na lida no curral. Adorava beber leite saído das tetas das vacas em sua caneca recheada de açúcar. Todo dia presenciava o pai correndo atrás do filho em volta do curral e em volta da casa. Joaquim sempre era alcançado. Nesse momento, a briga era gostosa. Os dois rolavam no chão, até o pai retirar dos lábios do menino a mancha que o leite deixava sobre seus lábios.

"Abra a sacola. Veja o que eu trouxe para você", disse meu marido ao filho, cujos olhos brilhavam. Ele tremia de ansiedade. A sacola foi desfeita com uma agilidade impressionante, relevando um lindo cachorro de pelúcia. Foi amor ao primeiro olhar. Enquanto o cãozinho não estava no colo, devidamente aquecido pelos bracinhos de Joaquim, estava ao lado do travesseiro, sempre de vigília.

O defeito no cãozinho não o tornou menos amado. Meu filho sempre dizia que ele corria atrás dos Anjos, somente com três patas. Uma patinha não interferia em sua mobilidade e agilidade em alcançar os Anjos, que tentavam se esconder debaixo da cama ou no velho baú de roupas.

Fred, o cãozinho de pelúcia, não sentiu dores ao ser mutilado instantaneamente por Joaquim, quando foi retirado às pressas do cantinho do travesseiro. Provavelmente, durante a noite, Fred escorregou do travesseiro, vindo a enfiar a patinha traseira entre a cama e a parede, prendendo-a. Ao ser retirado bruscamente, teve a patinha arrancada. Joaquim ficou tristinho, mas não deixou de levar o cãozinho para conversar com o Santo. Isso mesmo.

Joaquim havia entrado correndo no quarto, pois já estava passando da hora de ele e Fred conversarem com o Santo. Dias depois, Joaquim disse que não era para colocar a perna de Fred no lugar. Que era uma recomendação do Anjo.

Quando meu pai estava um pouco melhor da cabeça, acompanhava Joaquim e Fred na conversa diária com o Santo. Enquanto meu pai rezava em silêncio, meu garoto oferecia Fred ao Santo, balançando-o com uma das mãos.

"Mamãe, o Santo levou a perninha do Fred. Que Papai do Céu pediu para guardar no baú de roupas dele". Achava fantásticas as fantasias que Joaquim criava em torno dos Anjos e do Santo. Fantasia ou não, não sei afirmar. Só sei que a perna de Fred nunca foi encontrada. Vasculhei todo o quarto e toda a casa. Nada. Talvez Papai do Céu tenha mesmo a levado consigo.

"Hoje, mamãe, o Santo falou que o Papai do Céu está me esperando. Ele falou, mamãe, que eu ficarei ao lado do travesseiro dele, com o Fred. Hoje, o Fred conseguiu pegar o Anjo debaixo da cama, mamãe."

"Meu filho, no dia que for sua hora de ir, Papai do Céu vai ficar muito feliz. Você vai gostar da cama d'Ele. Cheirosa e aconchegante. Você sempre estará protegido ao lado d'Ele. Papai do Céu é bondoso e gosta muito das crianças. Como o Fred, só com três patas, conseguiu pegar o Anjo debaixo da cama? Joaquim, os Anjos têm asas! Eles voam, e o Fred, não!"

Sempre me inseri intensamente nas fantasias de Joaquim. Nunca demonstrei descrença ou rebati suas histórias. Uma criança deve sonhar, fantasiar, brincar e ser uma criança.

Meu menino conversava com o Santo, com o Fred e com os Anjos. Era uma amizade incrível. Meu filho nunca esteve sozinho ou se sentiu só. Nunca pediu um irmãozinho de carne e osso. Estava satisfeito com a família que possuía.

3

Meu pai piorou muito. Sua cabeça estava fraca como um capim desidratado pela seca intensa.

Sempre rezava, pedindo ao Santo que limpasse a névoa que escondia a existência mental do meu pai. Essa névoa estava ficando cada vez mais espessa e opaca, a ponto de meu pai perder totalmente a noção de tudo. Essa condição ficava cada vez mais duradoura.

Certo dia, quando meu marido cuidava da roça, e meu querido Joaquim não estava mais conosco, me deparei com meu pai defecando no chão da sala e olhando fixamente para o Santo. A dor foi tão intensa que meu coração se partiu. Chorei diante daquela cena. Fiquei paralisada, em choque. Tive vergonha do Santo, do meu pai.

Limpei meu pai. Limpei a sala. Pedi desculpas ao Santo. Orei mais uma vez. Nada adiantou. Quantas e quantas vezes isso ocorreu. Meu marido sempre se deparava com seu sogro urinando em frente ao Santo. Mas ele também não se importava mais. Perdi Joaquim e meu marido. José se tornou apático e sem vida. O homem que conheci foi tragado pelo tempo. Tornou-se um morto-vivo.

Meu pai me batia. Me atacava com força. Não me reconhecia. Eu sempre insistia. Cuidava, cuidava, cuidava. Gostaria muito de me tornar um ar a ser tragado pelas narinas do meu querido pai. Em vez de ir aos pulmões, viajaria ao local lacrado de sua mente, quebrando a pesada porta que trancafiou sua existência como ser humano. Lá, o convidaria para dançar à luz da lua. Recordaríamos de toda a nossa existência, compartilhando momentos mágicos. Lá estaria a roça, Joaquim, os Anjos de papel, o Santo, meu marido. Tudo muito mais brilhante, límpido e com bastante vida.

Um cão doente, que ama seu dono, sempre se retira para morrer. Ele não admite partir às vistas de quem também o ama. Talvez por vergonha da natureza do seu ser, que tem uma longevidade bem menor que a do ser humano. Talvez por não querer que seu dono sofra mais ao ver sua partida. O meu pai fez isso. Se ausentou para morrer.

Estava eu juntando o esterco e tratando do gado, quando meu pai saiu de mansinho, vindo a encontrar a morte aos pés de uma árvore. Naquele dia, antes da partida, a doença deu-lhe uma trégua. Sua capacidade de andar retornou. Seus passos esconderam seu corpo do meu marido. Meu pai não queria morrer em nossa presença e naquela situação deplorável. Tenho certeza de que ele partiu tão lúcido e intacto quanto a esse mundo veio.

Naquela árvore, encontrei meu pai sentado, de olhos abertos, creio eu, apreciando a natureza que o rodeava. Seu rosto não apresentava sinais de dor, sinais de cansaço. Tudo havia deixado aquele corpo senil. Suas mãos estavam espalmadas sobre a grama. Havia um rastro de acariciamento no verde-escuro da relva. Sua passagem foi tranquila. Sua libertação também.

Mesmo diante de um cenário tão sereno e natural, gritei muito. Lembrei do dia que, dominada pelo medo e pela insensatez de uma mente cansada, torturada e desprotegida, culpei meu querido pai pela morte do meu querido filho. Um misto de perdão e culpa apossou-me o corpo amparado pelos braços do meu marido. Naquele momento, pensei que sua vida havia retornado, enquanto a outra havia partido com toda a leveza de uma pluma. Mas não. Foi só um momento. A força que existia em meu marido foi sepultada junto ao nosso filho Joaquim.

Meu pai se afastou de mim para sempre, levando consigo o corpo doente e a alma liberta. Meu marido se afastou de mim psiquicamente, levando consigo todos os nossos momentos, bons e ruins. Seu corpo ficava em frente àquela janela, por horas, admirando o nada. Olhando não sei o quê! Pensando não sei o quê! Após a perda de Joaquim, entendi sua tristeza e decepção pela vida. Mas naquele canto de terra havia eu, meu pai, vidas, conquistas e toda a nossa angústia. Sempre orei ao Santo pelo restabelecimento de nossas almas. Por mais dura que pudesse ser, a vida tinha que continuar. Triste dizer, mas a alma do meu marido já estava morta.

4

Sempre sofri com dores de cabeça momentâneas. A dor chegava, estacionava e ia embora. Algumas vezes, demorava alguns meses para retornar. Em outras, retornava tão rápido, dando a entender que havia esquecido algum resquício de dor em minha cabeça.

Em Joaquim, a dor chegou sorrateiramente, instalando morada em sua cabeça. No começo, achei natural que tivesse essas dores. No entanto, elas se avolumaram, deixando o menino tonto e desanimado. Quando houve desmaios, meu marido levou Joaquim a um hospital.

Joaquim sempre quis proteger o pai de notícias ruins. No começo, quando a dor ia e voltava, ele me pediu para não contar nada ao pai. Joaquim entendia que o esteio da família não poderia ser abalado. Nossa vida tinha que continuar a prosperar. O pasto continuaria a ser roçado; o gado continuaria a ser cuidado. Tudo ali continuaria sadio, sem dores, sem preocupações.

Meu querido garoto sabia da gravidade de sua doença. Às vezes, a dor era tanta, que ele esfregava seu cachorro de pelúcia na cabeça, tentando aliviar aquele sofrimento constante. Os Anjos de papel também faziam parte daquele ritual.

"O Anjo disse que eu não vou sentir mais dor, mamãe. Que não vai demorar muito. Ele falou que Papai do Céu vai tomar conta de mim."

Todo dia, em seu quarto, Joaquim falava essas mesmas palavras. As compressas de água quente de nada adiantavam. Até quando pude, escondi do meu marido aquela situação dolorosa.

Meu filho não estava com anemia. Ele estava morrendo e já sabia. Receber a notícia do meu marido foi a pior coisa do mundo. Saber que meu menino tinha pouco tempo de vida me tirou o chão. Me tirou momentaneamente daquele lugar. Em pensamentos, sobrevoei nossa roça, a grande árvore, a mata e pairando sobre aquela sala de consulta, presenciava o médico me machucar profundamente com a mais terrível notícia médica.

No fundo, sabia que meu garoto sequer sairia de nossa casa. Não conheceria Minas Gerais. Suas idas à escola foram contadas a dedo. Joaquim estava partindo muito cedo para os braços do seu Pai Maior. Esse Pai tão bondoso correria atrás de meu filho sobre infinitas nuvens do céu, e retiraria o bigodinho de leite que formava em cima dos seus lábios.

Como disse, eu sabia, mas tinha esperanças. Depositei-as no Santo. Todos nós depositamos n'Ele a esperança da cura. Mas nem os Santos têm o poder de reverter a decisão tomada por Deus. Eles são como nós, limitados em certas atribuições.

Quando meu filho partiu, uma parte de mim partiu com ele. Foi sepultada com ele. A outra ficou sofrendo ao lado do meu marido. Fomos, por certo tempo, duas estacas se escorando para não cair definitivamente. Minha estaca estava mais profunda ao solo, mesmo que esse solo teimasse em manter-se úmido.

"Seu menino está brincando com nosso Pai agora. Fred também está com eles. Não sofras mais, mãe! Seu marido precisa de ti". Acordei assustada. Como uma voz se tornou tão nítida em minha mente, me despertando para a realidade? Ouvi com uma clareza impressionante cada palavra dita em minha cabeça. Foi, realmente, um despertar duradouro e forte. Me solidifiquei novamente, buscando, até o último dia, solidificar também toda a estrutura física e emocional do meu marido.

Meu filho estava feliz. Disso tinha certeza. Contei ao meu marido sobre essa voz que me acordou para a vida. Falei que Deus estava proporcionando ao nosso filho a mesma vida gostosa que ele, meu marido, proporcionava. Infelizmente, minhas palavras não foram ouvidas. Se perderam naquela roça que começava a sucumbir com o tempo.

Sua mágoa pelo Santo foi muito perceptível. Passou a ignorá-lo silenciosamente. Toda a culpa pela morte do nosso filho foi arremessada com bastante violência nas costas do Santo. Que poder a divindade tinha, quando Deus havia reservado um destino melhor? Meu marido nunca entendeu isso. Em sua cabeça, as divindades estavam ali somente para atender ao ser humano, aos seus caprichos e às suas vontades.

Tudo naquele canto de mundo começou a escassear. A roçada não ocorreu mais. O gado foi abandonado a comer o capim que disputava espaço com ervas daninhas. Só colocavam as quatro patas no curral para passarem a noite. Ordenhas não mais ocorriam. Nosso vizinho Jorge também sumiu. Talvez, para ele, era um sofrimento desmedido se deparar com o estado deplorável em que meu marido se encontrava.

Não durou muito tempo para o fantasma do agouro apossar também do meu corpo e da minha mente, que lutavam incansavelmente sozinhos. As dores de cabeça voltaram mais intensas. Com elas, uma dor menos intensa irradiava do peito para o braço esquerdo. Como aquilo me debilitava! As tarefas diárias e sozinhas tornaram-se um martírio. Mal conseguia limpar toda a casa, enquanto meu marido, encostado naquela janela, viajava não sei para quais lugares. Só tinha certeza de que eram viagens intermináveis. Se ele estivesse à procura de nosso filho, não iria facilmente encontrá-lo. Nessas condições, a alma de quem partiu também sofre muito e se esconde dos entes queridos, dificultando uma aproximação ou um resgate espiritual.

5

As noites e os dias são intermináveis. Intermináveis são minhas dores, tanto físicas como psicológicas. Poucas e diretas foram as palavras que meu marido trocava comigo. Nada que eu falasse adiantava. Sua depressão o consumia velozmente, a ponto de recusar a se higienizar. Suportei seu corpo malcheiroso ao meu lado em nossa cama. Aquele odor de falta de banho impregnava meu nariz, a roupa de cama e toda a casa.

Um café pela manhã; um prato raso de comida no almoço; nada no jantar. Meu marido se perdeu dentro da própria casa. Sua visão achava e reconhecia somente a grande árvore do outro lado. Ele ficava imóvel, contemplando o balançar dos grandes galhos bulidos pelo vento.

Ave Maria, cheia de graça,
o Senhor é convosco,
bendita sois vós entre as mulheres
e bendito é o fruto do vosso ventre, Jesus.
Santa Maria, Mãe de Deus,
rogai por nós pecadores,
agora e na hora da nossa morte.
Amém.

Pai Nosso que estais nos Céus,
santificado seja o vosso Nome,
venha a nós o vosso Reino,
seja feita a vossa vontade

assim na terra como no Céu.
O pão nosso de cada dia nos dai hoje,
perdoai-nos as nossas ofensas
assim como nós perdoamos
a quem nos tem ofendido,
e não nos deixeis cair em tentação,
mas livrai-nos do Mal.
Amém.

Agarrei firme sua mão no momento das orações. Senti sua mão fria e calejada tentando fugir da minha.

Cada frase das orações era completada com pedidos de recuperação do meu marido; e ele, aos poucos, se soltava da minha mão.

"Santa Maria, Mãe de Deus, rogai por nós pecadores, agora e na hora da nossa morte... amém. Minha Mãezinha de infinita misericórdia, somos pecadores, nascemos com o pecado e o alimentamos por toda a nossa existência, nessa terra que pertence a ti. Rogai por meu marido, minha Mãe. Um pobre homem dominado pela paixão. Sustentai seu corpo e sua alma. Recupere seu espírito danificado e sua vontade de viver novamente". Sua mão deslizava... "Perdoai-nos as nossas ofensas. Grandioso Pai, sei que eu e meu marido ofendemos o Senhor com nossos gestos e atitudes. Sei também que ele fechou os olhos para ti. A mágoa tomou seu coração, impedindo que a resiliência aflorasse novamente". Sua mão deslizava... "A quem nos tem ofendido". "Para meu marido, Senhor meu Pai, ele foi ofendido por ti. Só o Senhor, para meu marido, seria capaz de tirar a vida do pequeno Joaquim. Também só o Senhor seria capaz de salvá-lo de todo o mal. Perdoai essa ofensa, Senhor. E perdoai a mim, também, porque, em dias de desespero, pensei como meu marido". Sua mão deslizava... "Não nos deixeis cair em tentação, mas livrai-nos do Mal... amém". "Retire da mente do meu marido, Piedoso Deus, todas as tentações que povoam seu consciente. Livre-o de todo o mal represado no íntimo do seu ser. Te peço, meu Pai, proteja esta família, sempre e sempre". Sua mão se soltou.

Meu marido fugiu das orações. Fugiu de mim e de nosso Deus, ignorando completamente tudo que o Santíssimo representa. Seu abrigo foi a grande árvore. Da janela, pude vê-lo debaixo daquele gigante verde, de cabeça baixa, totalmente imóvel.

Minha alma estava machucada. Minha cabeça parecia que ia explodir. Minha visão deixou meu marido com seus devaneios. Me dirigi para a cama. Me deitei e rapidamente dormi. Graças a Deus, dormi um eterno sono, enquanto José mergulhava em um abismo escuro e profundo.

ÁGGELOS EM ÁGGELOS

1

Sobrevoei as terras de Jaci
Com asas transparentes
Ausentes, reluzentes
Inexistentes.

O Santo, naquela casa
Fez sua morada.
Num altar decorado
Numa nova jornada.

Jaci pedia milagres.
Iracema, nada pedia.
Orações impuras
Pedidos maculados.

Me incorporei no Santo
Via Iracema num canto
Com rosto de espanto
Num Jaci em prantos.

Sua filha foi abusada
No pé da árvore grande.
Jaci culpou Ataliba
O negro de outras bandas.

Ataliba veio de longe.
Lavrador das roças grandes.
Negro forte musculoso
Negro puro, piedoso.

Catarina na árvore vivia.
Moça requintada, sorria.
Tinha afeto por Ataliba
Era desejada por Jaci.

Theodoro, filho mais novo
Em Jaci se agarrava.
Numa disputa por atenção
Iracema nem tentava.

Jaci, de desejos não paternos
Violou a carne de sua carne.
Matou sua própria criação
Sem pedir perdão.

Altas horas da madrugada
Olhos dormindo
E Catarina muda
Jaci arrasta sua filha teúda.

Matou para não ser incriminado.
Incriminou, para não ser julgado.
Jogou a culpa em Ataliba
Apenas um negro desgraçado.

Que Ataliba correu
Deixando Catarina deitada
Aos pés da grande árvore
Nua e violada.

À polícia, essa história contou.
Ao filho Theodoro suplicou
Mate Ataliba
Honra sua irmã.

Ataliba havia sumido
A polícia não o encontrava.
Procuraram na cidade
Nas estradas, nas vargens.

Theodoro o achou primeiro
Na extensão de seu terreiro.
Ataliba foi procurar
Catarina para conversar.
Foi capturado.
Amarrado como um animal
Arrastado num lamaçal
Num dia de temporal.

Theodoro, garoto forte
Com sangue nas veias.
Movia Ataliba
Pela trilha, campeia.

Ataliba esperneava, chorava.
Implorava por perdão

Sem saber o motivo
Sem se apegar na razão.

Seu corpo içado
Na árvore foi enforcado.
Tremeu por alguns segundos
Paralisou-se por inteiro.

O casal Jaci e Iracema
Tudo da janela assistiu.
Velho covarde
O assassinato anuiu.

Iracema, objeto inanimado
Rezava na frente do Santo.
Pedia pela alma de Catarina
Sua pobre menina.

Theodoro, o corpo enterrou.
Lavou a honra da família
Secou-a no grande varal
Da injustiça social.

Jaci honrou o filho
Na frente do Santo
Que por espanto
Ouviu sandices.

Jaci caiu num baque.
Sua vida se foi, do nada.
Como no coração
Uma faca enfiada.

Iracema foi em seguida.
Ninguém percebeu sua partida.
Pessoa insignificante
Numa família de errantes.

Theodoro sabia
Pois dormindo não estava.
Presenciou sua irmã
Pelo pai ser estuprada.

Theodoro amava o pai
Um homem branco, honrado.
Ataliba, ninguém amava
Negro pobre desventurado.

Tal como um rio de Igarapé
A vida de Theodoro seguiu.
Arrumou uma esposa
E teve um filho chamado José.

Ninguém naquela família
Da história tomou conhecimento.
Theodoro escondeu consigo
A dor do arrependimento.

Viveu ignorando a árvore.
Um dia, nela se achegou
Com coração de vergonça
A encurralar uma onça.

Sua mente foi apagando.
À noite, saía roçando.

Mulher ou filho amparava.
A família se importava.

Aos pés do Santo
Antes da partida
Implorava o perdão
Pelo negro Ataliba.

Espancava a mulher
Vendo o rosto da mãe.
Aquela mãe sem significado.
Aquela mãe sem passado.

Sua mente foi apagada, sim.
Lembranças finalizadas, sim.
Jaci, Iracema, Catarina
Todos eles, enfim.

A mãe de José gritou.
Toda a floresta escutou.
A grande árvore balançou.
Theodoro finou.

O abraço impuro
A árvore recebeu
Aos pés da árvore
Theodoro morreu.

2

Uma tragédia narrada em forma de poesia. Uma vida em família; uma morte em família manifestada na estética das palavras de um Anjo – de papelão; de um Anjo – de barro.

Sou um Anjo do Senhor. Acompanhei a conduta desviada de Jaci; a submissão de Iracema e a paixão de Theodoro. Assisti às suas partidas sem interferir no livre-arbítrio.

> *"Irmãos, vocês foram chamados para a liberdade. Mas não usem a liberdade para dar ocasião à Vontade da carne; ao contrário, sirvam uns aos outros mediante o amor (Gálatas 5:13)."*

A vida se encarregou de aparar as arestas deixadas, porque tenho que dar cumprimento à lei da causa e do efeito. Não pude interferir no desespero de Catarina, quando viu a morte na face libidinosa do próprio pai. Quando sentiu suas entranhas rasgadas pela vontade da carne. Eu estava ali, ausente de qualquer sentimento.

Incorporado no Santo que guardava aquela casa, presenciei Iracema sendo ignorada e totalmente submissa à vontade do marido pecaminoso. Presenciei o filho nutrir uma paixão incondicional pelo pai. Presenciei uma filha, cuja afetividade se irradiava da terra aos céus. Eu estava ali, ausente de qualquer sentimento.

O ciclo se repetiu nas gerações posteriores. José, filho de Theodoro, herdou a paixão incondicional do pai, amando incondicionalmente o filho Joaquim.

O pai de Ana herdou a demência de Theodoro, tendo um fim bem semelhante ao dele.

Fantástica, Ana! Narrei seus melhores e piores momentos. Sua alma está segura nos braços do meu Pai.

Falar de José me agrada e, ao mesmo tempo, me desaponta. Amar é o poder que transforma o ser humano. É o caminho mais curto de se chegar ao nosso Pai. O amor não pode se tornar patológico. O homem de carne perece, e toda a matéria orgânica na natureza se decompõe.

Meus sentimentos a José estão presentes, com a vontade do meu criador. Ele desconhecia o passado do pai. Conduziu a própria família nos preceitos do amor, da retidão, da equidade. Por outro lado, fez sua mulher sofrer por um amor doentio, que foi a razão de sua inexistência.

Ana tentou retirar José do fundo do poço. Pediu minha ajuda, rezou o "Pai-Nosso" e a "Ave-Maria", mas a mão de José escorregou em direção a uma paixão que já não se fazia presente em carne e sangue.

Quando tomei o corpo de barro do Santo que aquela casa protegia, presenciei com muita alegria o caminhar daquela família. José, Ana e Joaquim, devotos ao Santo, devotos a Deus, devotos a mim. Acolhi suas orações e atendi a todos os pedidos, os quais não tinham o poder de interferir na caminhada do ser humano sobre a Terra.

O dia há muito se esvaía, cedendo lugar a uma noite tingida pelo breu que dava a quase tudo uma só cor. As estrelas, os vaga-lumes e a lua irradiavam um pouco de luz sobre a lâmina de uma foice faminta, que girava incansavelmente no ar, tombando eitos de mato, de um lado e de outro de Theodoro. A mente de Theodoro, seus braços e sua ferramenta cortante procuravam por Ataliba por detrás de touceiras escondidas na noite. O assassino sádico de sua irmã teria que ser encontrado e picado ali mesmo. Theodoro falava baixinho para Ataliba aparecer e sentir o gosto do suco verde que escorria do fio da lâmina.

"Assim como rasgou minha irmã, rasgarei sua carne, negro imundo!"

José e sua mãe caminharam na direção de Theodoro, despertando sua atenção. A luz amarela da lamparina conduzida pela mulher de Theodoro iluminou a mente demente dele, fazendo-o calar instantaneamente. Por mais danificado que seu cérebro se encontrasse sempre sobrava um espaço para a lucidez e consciência em relação ao crime praticado. A mente do ser humano é brilhante. Em um momento, ela procura pelo assassino; noutro, tenta esconder o crime que já foi cometido em algum lugar no passado.

Está lá eu, do alto, observando toda aquela cena. Theodoro sendo contido por sua mulher, enquanto seu filho, José, retirava das mãos suadas dele a ferramenta cortante. Todos os seres vivos que habitavam aquele pequeno pedaço de chão silenciavam-se ao som abafado da foice. Nem mesmo o pássaro mãe-da-lua lançou no ar seu presságio, avisando da morte de algum familiar. Esse canto-presságio só foi ouvido nas noites seguintes, até que Theodoro viajasse para um plano mais sombrio.

Theodoro cumpriu sua missão de pai, mesmo transportando por uma estrada infinita toneladas e toneladas de um arrependimento. José, seu filho, mesmo com estudo limitado, era altamente letrado e conhecedor das palavras e do seu lugar. Transportava em sua cabeça somente o desejo de prosperar no espaço que pertenceu a seus antepassados.

A mesma condução moral que recebeu do pai, José transferiu ao filho Joaquim. Transferiu também um amor, que no início era belo, puro, sublime. Depois, quando um laço se desfez, levando embora um pedaço de sua carne, seu amor se tornou amargo e doentio, abrindo espaço para uma pseudodemência, ocasionada por uma depressão progressiva. Foi nesse espaço que comecei a atuar, já que Ana não havia conseguido retirar seu marido do poço eterno que o tragava.

3

Estava no corpo do Santo, no altar cavado na parede, quando presenciei Jaci passando por mim, sem me olhar. Seus olhos faiscavam de desejos. Sua masculinidade estava excitada. Naquele corpo havia apenas um objetivo: satisfazer a própria lascívia.

Catarina foi sufocada pelas mãos ágeis do pai que a amordaçou e a retirou da casa, da própria vida. Vi o olhar desesperado daquela menina, quando ela passou por mim feito um saco de milho agarrado pelo meio. O barulho que se fez foi notado por Theodoro que, de mansinho, levantou-se no escuro, seguindo à distância os passos apressados do pai. E Jaci sabia que Theodoro o seguia, assistindo a tudo.

Theodoro assistiu passivamente. Em nenhum momento pensava em constranger o pai naquele ato vil e repugnante. Seus sentimentos em relação ao pai eram uma mistura de idolatria, paixão e medo. Assim que Jaci satisfez seu desejo carnal e matou a filha, se recompôs, afastando alguns metros do corpo despojado aos pés da árvore.

Theodoro, escondido atrás de alguns arbustos, viu quando o pai se afastou do corpo, começando a gritar por socorro. Logo, foi ao encontro dele, sendo por ele informado que Ataliba havia violado e matado a jovem Catarina. Theodoro se enfureceu com a história, querendo partir atrás do assassino Ataliba naquele mesmo momento. Foi contido por Jaci.

Iracema acordou assustada e, quase correndo naquela noite de lua clara, se deparou com o corpo de Catarina no colo de Jaci, enquanto Theodoro, encostado de cabeça baixa na árvore, se desmanchava em prantos. A cabeça da filha pendia para trás, fazendo os longos cabelos roçarem a relva, enquanto seus braços e pernas balançavam no ar.

Lembro-me muito bem quando Theodoro encontrou a árvore pela última vez. Não ficou de cabeça baixa, fingindo sofrimento. Abraçou a árvore, pedindo perdão. Em sua mente, Ataliba se transformou naquela árvore imponente, com longos braços verdes apontando na direção de Theodoro e o acusando de assassino. Nada adiantava seus berros de clemência. Aqueles galhos pontiagudos, vindos da parte superior da árvore, penetraram nos ouvidos de Theodoro, conectando-se ao seu cérebro doente.

O sistema sensorial de Theodoro deixou de processar os estímulos externos, mantendo-os inativos durante uma longa alucinação. Assim que os galhos se fundiram com o cérebro, Theodoro passou a ver e rever toda a cena do assassinato milhares de vezes, com aumento acelerado da rotação. Foi nesse momento que seu cérebro deixou de processar repetidas cenas, apagando definitivamente.

Nessa profusão de informações se repetindo incessantemente, algumas marcavam mais Theodoro: o momento em que seu pai violava sua irmã, o momento da esganadura e o momento em que fingia sofrimento, debruçado na grande árvore.

Em sua visão derradeira, Theodoro presenciou inúmeros galhos saindo de seu ouvido e retornando à copa da árvore. Uma figura humana saiu das entranhas da árvore, se configurando em Ataliba. A corda ainda estava em seu pescoço.

A árvore sacudiu no momento que Ataliba retirou a corda do pescoço, passando para o pescoço de Theodoro. Ataliba sorriu irônico, baixou a cabeça e se transformou numa névoa com cheiro de jasmim.

Eu e milhares de outros Anjos assistimos a tudo sem esboçar qualquer reação. Aquele momento foi mais um aprendizado da complexa mente humana, que não é só biologia. Ao mesmo tempo, o ser humano é razão, emoção, loucura, seriedade. É pacífico, belicoso. Transporta o bem e o mal, a crueldade e a bondade. Se emociona, chora, mata e se mata.

Ao fim daquela cena de um estudo angelical, todos nós partimos sem comentar, opinar ou julgar. Levamos conosco mais uma aprendizagem de um ser de magnitude disforme.

4

Ana. Pulso forte. Dona de si. Resignou diante da morte do pai e do filho. Situações diferentes, mesma dor. Oscilou em alguns momentos entre o ódio e a resiliência. Espancou o pai, atribuindo-lhe a culpa pelo falecimento do filho. Se virou momentaneamente para nosso Pai Celestial. Cuidou do pequeno Joaquim até seu último suspiro. Acreditou em Deus, na felicidade eterna de Joaquim e na recuperação do marido.

O tempo passa para todo ser vivo, infelizmente. Ana suportou até quando pôde. Partiu, não sentindo a dor da perda de Joaquim, porque sua alma não estava perdida. Partiu ressentida com a prostração do marido. Um homem cuja força e a fraqueza caminhavam lado a lado, mas divididos entre uma zona de conforto que pendia para o lado da força, blindando-a.

Recordo-me, em um determinado local no tempo e espaço, de ter acompanhado um casal em sua vida incomum. Ela partiu antes dele deixando saudades que foram expressas por ele em uma belíssima poesia, da qual sou parte e fiel declamador.

Hoje acordei, virei na cama,
mas você não estava ao meu lado.
Que sensação horrível!
Costumava me virar, olhar você
e desejar bom-dia.

Todos os dias, a mesma rotina.
Nos 56 anos de nossa comunhão,

*amor, afeto e companheirismo.
Unimos e dividimos nossas vidas.*

*Não consigo deixar de verter lágrimas
que abrigam em seu travesseiro,
cuidadosamente colocado
em nosso canto da cama.*

*Seu cheiro ainda está ali.
Fala comigo! Toda manhã é essa angústia
que comprime meu peito,
esfacelando minha alma.*

*Adorável senhora, fala comigo em sonhos.
Há muito não consigo tê-los.
Minhas noites são vazias de sonhos,
são vazias de você.*

*Amei-a até o seu último suspiro.
Naquela cama de hospital,
o acalanto de seu sorriso se desfez,
dando lugar à serenidade da morte.*

*A dor foi profunda.
Um abismo se formou sob meus pés,
sugando-me o espírito
e o que restava de uma vida já debilitada.*

*Lembra, minha idosa senhora,
quando você deu vida aos nossos filhos?
O brilho em seu olhar afagando
pequenas criaturinhas que só sabiam chorar?*

*Aquele brilho se repetiu
quando nossos filhos nos deram netos.*

*Nossa felicidade foi plena,
sublime e completa.*

*Por que me abandonou?
Todas as suas roupas, perfumes
estão no mesmo lugar.
Como você era – é – uma mulher vaidosa!*

*Todos os dias, nossos filhos e netos vêm nos visitar.
A Laurinha, miudinha e sapeca,
está banguela, mas com sorriso cativante.
Sorriso da vovó!*

*Certo dia, peguei-a beijando um retrato seu,
afagando-o sobre o frágil peito.
Ela olhou para mim, perguntando que dia
Papai do Céu a traria de volta.
O Douglas adora desenhá-la.
Como você fica bonita nos traços
simples e belos de um adolescente
incrivelmente simpático.
E o pequeno Christoff?
Adora inseri-la em belíssimas poesias.
Percorre toda a nossa casa,
declamando o amor pela vovó.*

*Quanta saudade sinto de você!
Por favor, faça-me sonhar,
acalante-me e embale-me
nesses momentos difíceis!*

*Quando todos se vão,
restam-me a dor e a solidão.
Amanhã, mais uma vez,
seu espaço na cama estará vazio.*

*Amanhã, mais uma vez,
nossos entes queridos
preencherão o vazio
que você deixou em minha alma.*

José não exultou sua companheira, uma pessoa que o mundo letrou e preparou, no momento em que ela mais necessitava. Deixou de citá-la em versos e prosas. De sentir a falta que ela fazia em seu debilitado coração.

Todos se foram da vida de José, deixando somente a dor e a solidão. Todos irão, um dia. Dores e solidão ficarão, até que sejam novamente amenizadas por novos sabores que a vida venha a oferecer.

Por que o ser humano tem que saber como funciona a vida? Por quantos dentes de engrenagem ela percorre? O ser humano tem que somente viver e sorver cada gotinha da vida, como uma bebida deliciosa que se bebe bem devagar.

Jean-Paul Sartre escreveu que "a vida começa do outro lado do desespero". Fatores adversos como a perda, a depressão, a solidão, sempre serão como dentes quebrados de uma engrenagem da vida que nunca para e que, às vezes, continua sua rotação mesmo fora do ponto. Do outro lado do desespero, com certeza, a vida começará.

Disse o poeta, que na vida permaneceu: "Quando todos se vão, restam-me a dor e a solidão. Amanhã, mais uma vez, seu espaço na cama estará vazio. Amanhã, mais uma vez, nossos entes queridos preencherão o vazio que você deixou em minha alma". Há nesses versos o desespero da perda, mas há também o recomeço, através de tudo de bom que o casal construiu, enquanto a engrenagem de suas vidas girava. Em inimagináveis universos, há milhares e multifacetadas possibilidades de vida. Então, viva!

5

José fechou o quarto de Joaquim após a partida dele. Mas tudo está em seu devido lugar. Lembro-me quando ensinei o menino a fazer os Anjos de papel. O primeiro Anjo mais parecia uma girafa alada. Com o tempo e o desenvolvimento do menino, seus Anjos foram ficando cada vez melhores e com asas enormes.

Quando estive pela primeira vez com Joaquim, assumi a forma de um ser humano, só que deveras iluminado. No começo, os olhos do pequeno se incomodavam. Depois, se acostumou com a luz que irradiava o ambiente. Para não despertar a atenção de José e Ana, somente o menino podia ver a luz intensa e o ambiente modificado.

Naquele encontro, nada falei. Acariciei Fred e sorri. Mesmo emitindo bastante luz, Joaquim pôde ver meu sorriso. Ele sorriu também.

No dia em que Fred perdeu uma patinha, Joaquim ficou muito triste. Disse a ele para não ficar triste, pois o nosso Pai Maior estava com a patinha de Fred no baú de roupas dele. Joaquim perguntou se no baú de Papai havia muitas roupas. Falei que sim. Que havia milhares de roupas em um baú infinito. Que essas roupas ficavam penduradas em galhos de árvores tão lindas e diferentes, que o menino, mesmo com uma imaginação fértil, sequer imaginaria. Que as folhas das árvores mudavam de cor, acompanhando as cores das roupas que nos galhos eram depositadas. Um grande e maravilhoso pássaro ficava responsável por pendurar todas as vestes de Papai, que ocorria sempre a cada ciclo de estação. E no baú de Papai, inúmeras eram as estações. Expliquei que todos os animais que habitam a Terra também habitam o baú de Papai.

Achei muito espontâneo quando Joaquim me perguntou se a patinha de Fred ficaria também pendurada em uma árvore e se também mudaria de cor. Criança, que ser fantástico! Eu disse que não. A patinha do Fred seria a guardiã do baú de Papai. Ela andaria infinitas léguas brincando e admirando tudo. Antes de Joaquim perguntar, já respondi que a patinha conseguiria andar sem o corpinho do Fred. Que em um futuro próximo, Fred se juntaria à patinha e seria um cachorro mais feliz ainda.

Naquele quarto, que era a extensão da casa de Papai, dei vida a Fred e começamos a brincar de pique-pega. Deixei o quarto imenso, duplicando os móveis que teriam bons esconderijos. Mesmo com minha rapidez em me esconder, Fred me encontrou debaixo da cama de Joaquim. Bendito faro!

Quando eu estava presente, a dor do pequeno se ausentava. Preparei Joaquim para o grande encontro com Papai. Descobri sua doença quando a primeira mutação genética ocorreu na grande matéria, formada por moléculas, átomos e suas partículas. Infelizmente, o DNA da célula passou a receber instruções erradas para as suas atividades.

Falei com Joaquim que um dia ele iria dormir e acordar sem dores, junto ao travesseiro de Papai. Que ele e Fred brincariam no baú todos os dias, tentando adivinhar a cor que surgiria ao início de cada ciclo.

"Meu filho, no dia que for sua hora de ir, Papai do Céu vai ficar muito feliz. Você vai gostar da cama d'Ele. Cheirosa e aconchegante. Você sempre estará protegido ao lado d'Ele. Papai do Céu é bondoso e gosta muito das crianças". Ana me encantou com essas palavras.

A dor de Joaquim era insuportável. Nunca falei o que estava acontecendo com ele. Ele sempre me perguntava por que a dor não ia embora para sempre. Eu é que lhe dizia sempre que um dia ele não sentiria mais qualquer dor. Joaquim sempre acreditou em minhas palavras, mas, quando a dor comia-lhe o cérebro, se portava como um ser humano que ainda o era, e fazia a mesma pergunta ao pai:

"Papai, nessa noite, o Anjo passou a mão na minha cabeça. Minha dor sumiu e dormi até agora". "O que tenho, papai"? "Por que essa dor não vai embora para sempre?"

"Como dar uma notícia tão cruel a uma criança?", se perguntava José. "Dizer que ela estava prestes a morrer, sem ter a chance de passar por todas as etapas de uma vida. De brincar com seus Anjos e correr de mim pelo curral com o buço branco de leite; de obter o ensinamento na escola; de entrar na adolescência com a rabugice de um jovem com sua voz mudando de tonalidade e espinhas explodindo no rosto; de entrar na fase adulta, aplicando o conhecimento adquirido no passado; de casar e ter filhos e netos, talvez! De observar os cabelos grisalhos e os sulcos da pele que riscando a face; de morrer dormindo, sem dores, aconchegado em uma cama quentinha". José, essas palavras, mesmo ditas em pensamento, reforçam ainda mais minha vontade de nunca desistir de ti, mesmo que em mim plantastes e regastes o ódio.

Minha vontade foi desejada, e não rejeitada. Nunca neguei ou suspendi o juízo ante o pensamento que me amparastes, José. Sempre afirmarei esse pensamento.

6

"Obrigado por tudo. Um dia retribuiremos. Um dia, seremos um Estado forte."

Esse militar, integrante da Coluna Prestes, tinha essa convicção enraizada na mente. Essa visão e a dos demais companheiros não foi concretizada.

Horas depois de escrito o bilhete, em agradecimento a José pela hospedagem, esses militares foram pegos e pendurados também pelo pescoço em uma grande árvore.

Acompanhei a jornada deles desde o Alto Taquari. A cada combate vitorioso, o desejo de derrubar o Chefe da Nação ganhava mais gana e força.

Um sangrento combate com as forças leais ao governo ocorreu às margens do Rio Taquari, nos arredores da fazenda Taquari. Belmiro, que fazia parte do pequeno grupamento comandado por um tenente, foi tocaiado quando urinava em um ponto mais afastado dos demais militares.

Sua esquiva foi rápida o bastante para escapulir de um facão que sibilou rente ao seu pescoço. Mesmo atracados, não impediu que o facão lacerasse sua perna. A dor foi intensa. Sua determinação também. O jagunço agarrava o fuzil de Belmiro, enquanto Belmiro agarrava o cabo do facão do jagunço. Enquanto mediam forças, Belmiro conseguiu se apossar integralmente da arma, disparando-a a poucos centímetros do peito do oponente.

O disparo alertou os demais militares, que se retiraram em fuga, após ouvir os gritos de Belmiro. O tenente também se machucou durante a retirada pela mata fechada. Mesmo ouvindo Belmiro gritar para que fugissem, foram perseguidos por trinta homens durante algum tempo.

Belmiro fugiu em outra direção, e se encontrou com o grupo meia hora depois, num ponto mais seguro da fuga. Algumas palavras foram trocadas antes de prosseguirem a jornada, rumo ao local incerto.

A polícia militar e inúmeros grupos de jagunços combatiam os *revoltosos*, assim chamados pelas autoridades locais, em vários municípios do estado. Sangue dos derrotados e dos vitoriosos manchavam a exuberância das matas, a robustez das cidades e a inocência dos povoados.

Em quase todas as batalhas, a Coluna se saiu vitoriosa. Algum tempo depois, mais da metade de seus combatentes exilaram-se em outro país.

Belmiro estava angustiado. Sabia que a morte estava a poucos quilômetros de distância. Mesmo assim, diante do Santo, na casa de José, rezou a mim. Pediu proteção para a mulher e o filho, que haviam ficado na cidade.

Ufanista e patriota, Belmiro ingressou na força militar com o objetivo de proteger a Nação de qualquer inimigo que atentasse contra ela. Esse inimigo se fez materializado quando não combateu a miséria e a injustiça social; quando insistiu em manter-se ligado ao regime oligárquico da política do café com leite.

Belmiro era um sonhador. Sonhava com o acesso de todos ao ensino público e primário. Desejava abolir toda e qualquer forma de desigualdade.

Quando Belmiro partiu, sua alma não acreditava que o corpo que a blindava jazia amarrado pelo pescoço em uma árvore, num canto qualquer do país que ele jurou defender e proteger. Com cuidado, confortei sua alma, levando-a embora.

JOSÉ E A ÁRVORE DO SEU DESTINO

1

Sinto um cheio forte e nauseante vindo do solo arenoso, onde meu rosto está totalmente colado. Abro os olhos, mas nenhuma imagem se abriu ao meu olhar. A mais pura escuridão reinava silenciosamente naquele ambiente.

Acho que morri. Tinha por convicção que o inferno pegava fogo, jamais pensei que era escuro e frio. Meu corpo dói bastante. Será que mesmo após a morte sentimos tanta dor? Estava difícil para se levantar. Sinto um aperto intenso no pescoço, a ponto de silenciar minha voz. A corda havia feito o trabalho direitinho. Não senti dores quando meu pescoço impediu que meus pés tocassem ao solo.

Este cheiro escuro revira meu estômago. Com dificuldades, me coloco de pé. Levo meus braços à frente, tentando tatear algo. Ensaio alguns passos. Não deu! Como caminhar por um local totalmente desconhecido aos olhos?

Começo a ouvir gritos, choros e gemidos numa intensidade bem fraca e em todas as direções. Se é que existe alguma direção a tomar! Esses sons desorganizados e sofridos começam a ganhar intensidade, aproximando-se cruelmente dos meus ouvidos. Ao levar as mãos para tapá-los, mãos gélidas e desconhecidas agarram meus braços, levando-os à minha retaguarda.

A força que me restou foi útil na escapada de um dos meus braços, que girou cento e oitenta graus à procura do corpo que sustentava aquelas mãos invisíveis. Não havia corpo! Tento gritar, mas me faltava a voz. Então caio de joelhos.

"Levante-se, meu neto. Temos uma longa caminhada a fazer. Sou Jaci, seu avô. Prazer em conhecê-lo. Como você se parece com Theodoro, seu pai. Vamos, levante-se. Tenho que te contar tudo, antes de sua partida definitiva."

Tento falar. Inútil. O som não sai. Então, pensei: "Ir para onde? Estou morto ou a corda falhou? O que você, que se diz meu avô, tem a me dizer? E essa escuridão que nunca se acaba?"

"Você irá ao encontro do seu destino, querido neto. Talvez você esteja morto, sim. Esperamos muitíssimo por este momento". Nisso, gargalhadas sinistras ecoavam em meus ouvidos. "Tenho que te contar o que seu pai escondeu em toda miserável vida dele. Não foi você que sempre desconfiava que seu pai escondia algo? Então! Está na hora de você saber. Ah! Essa escuridão vai passar, assim que você chegar ao ponto final".

Aquele que se dizia meu avô pôde ler todos os meus pensamentos. Pelo jeito, também conhece toda a minha vida.

Na verdade, sempre quis saber o que meu pai escondeu. O que a voz da escuridão me revelou, me fez entender por que a mente dele se fragmentou. Seu cérebro não aguentou o peso dos segredos impuros.

A voz prosseguiu. Prosseguiram também a jornada, os gritos, gemidos e sussurros.

"Eu provei o sexo da sua tia (minha filha), irmã de seu pai. O prazer da carne foi tão intenso, que deixei a razão de lado. Só matei porque pensava no meu futuro. E nesse futuro, sempre afloram a esperança e o medo. Como nada sabemos do futuro, podemos nesse futuro nos deparar com uma coisa que corrija o passado, do nosso jeito. Não me arrependo disso. Estou bem aqui. A escuridão me protege dos olhares e do reconhecimento alheio. Todos aqui viveram com o pensamento no futuro."

"Seu pai foi o futuro corrigido que eu imaginava, apesar do medo que sentia. Suspeitava que ele deixasse de amar o pai daquela forma doentia que só ele possuía."

"Acusei Ataliba, mesmo ciente de que Theodoro sabia de tudo. Ataliba era um negro sujo que fingia trabalhar para alguns proprietários de terra. Cismou em ser amigo da minha filha, aquela tonta que dava atenção a todo mundo. Não respeitava sua posição de branca."

"Sabe o que seu pai fez? Enforcou o negro sujo na mesma árvore que você se dependurou. Para lá ele foi amarrado e arrastado, feito um porco condenado à morte. Sabe por que Theodoro fez isso? Por amor a mim! E você, meu neto, seguiu essa virtude dele. Por um amor paternal doentio, prazeroso, abriu mão da vida. O mais gostoso disso tudo é que você não precisou ser amarrado e arrastado. Foi por livre e espontânea vontade. Você é meu neto! Tenho orgulho!"

A voz prossegue. Prosseguem, também, a jornada, os gritos, os gemidos e os sussurros. Naquele momento, a vergonha também nos faz companhia. Esse sentimento foi percebido por meu avô, que se irritou, falando em um tom mais rude:

"Isso não é hora para reflexão, meu neto. Todos que seguiram essa bendita trilha alcançaram os braços do meu Pai, nas profundezas, não muito distante daqui. E não tenha vergonha do amor paternal exagerado! Nosso Pai ama o exagero!"

"Outra coisa. O seu Deus é um idiota! Criou o ser humano em duas metades. Uma metade, espírito; outra, somente carne. E a carne... essa é incontrolável! Facilmente, ela derrota o espírito em um campo de batalha chamado prazer. Como espírito, todo o ser humano pertence a um universo fútil, que se denomina eternidade. Agora, como carne, experimenta a mais vil paixão, porque seu corpo está em constante transformação e sempre pertencerá à terra, mesmo depois de transformado em pó, ou seja, somente pó da terra."

E a voz prosseguiu. Prosseguem, também, a jornada, os gritos, os gemidos e os sussurros. Naquele momento, o nojo também nos faz companhia. Esse sentimento foi percebido por meu avô, que em nada se manifestou. Ele deixou meus pensamentos fluírem, abafando os tormentos da escuridão.

Meu avô tem razão, penso eu. Fui responsável pela minha morte e da minha mulher. Nunca afloram, como agora, os danos que um amor paternal doentio provoca no corpo e na alma. Herdei essa condição de meu pai. Aliás, herdei tudo de mau que minha família proporcionou. Por isso, estou morto e a caminho do inferno.

Apesar de não poder identificar visualmente os tormentos que nos acompanhavam, tenho certeza de que, no meio deles, não estavam o meu filho, Joaquim, nem minha querida esposa e o pai dela.

"Estamos quase chegando, meu neto. A escuridão já está ficando para trás. Temos que nos apressar. Nosso Pai não admite atrasos!"

Já posso ver imagens indefinidas ao longe. Como a escuridão, o coral dos perturbados também ficou para trás, se apresentando em um tom mais baixo.

Avançando mais um pouco, percebo o contorno pela metade e na vertical de uma grande árvore, e duas silhuetas postadas, uma ao lado esquerdo, outra, ao lado direito do tronco.

O tempo estava totalmente claro e brilhoso no lado esquerdo, e bastante escuro no lado direito. Não conheço a pessoa da esquerda. Trata-se de um homem negro, aparentando mais de dois metros de altura, trajando calça e camisa claras.

O homem da direita também estava lá. No entanto, não consegui visualizá-lo, devido à pouquíssima luminosidade do local onde ele se postava. Jamais poderia imaginar que o espaço-tempo poderia ser dividido em duas partes, sendo uma clara e a outra escura. Até o espaço acima de nossas cabeças se apresentava da mesma forma.

O sol parece-me mais jovem e menos quente. Sua luz não penetra o lado escuro da árvore. Uma linha perfeita no meio exato da árvore separou as trevas da luz.

O homem da esquerda olhou em minha direção. Mas sua visão não se apegou a mim. Fixou num ponto muito além da minha compreensão.

No homem da direita, só consigo visualizar o contorno do corpo e olhos vermelhos, feito brasa soprada ao vento.

Na árvore, foi possível visualizar uma corda de forca, devidamente preparada, à espera de um condenado. Antes que eu pudesse pensar, a voz do meu avô se manifestou, na figura do lado direito:

"Pronto, meu neto. Concretize seu desejo e o desejo do meu Pai. Suba nesta árvore e mate, de uma vez por todas, essa angústia entranhada em seu peito. Sei que deseja a morte completa, sem dores, arrependimentos e sofrimentos. Em questão de segundos, tudo acabará!"

Pela primeira vez, botei para fora uma voz que só ecoava em pensamentos. Pela primeira vez, após a morte de Joaquim, falei com um coração não mais saltitante em meio peito.

"Quando vivi meu presente com minha mulher, meu filho, meu sogro e com minhas posses, eu senti cada momento daquela vivência, sem me preocupar com o futuro. O futuro, pensava eu, a Deus pertence. Mas quando Deus tirou aquilo que eu mais amava, deixei de pensar que o futuro pertencia somente a Ele. Não! Naquele momento, acreditei que o futuro me pertencia. Tanto acreditei, que ali estava, pronto para morrer, por inteiro."

Olho para o homem da direita. Nada! Seus olhos continuavam a navegar entre o escuro e o claro daquele lugar. Continuei:

"Ao senhor, que diz ser meu avô, tenho pena de sua alma! Tenho pena de nossa alma porque somos parecidos. Eu também matei. De uma forma diferente, mas matei. O que me sobrou foi o arrependimento. Ao contrário do senhor, se eu pudesse, pediria perdão pelo meu egoísmo e covardia. Com minhas atitudes inconsistentes, tudo e todos ao meu redor partiram. Tive vergonha de ter retirado a minha mão da mão de Ana quando ela tentava me resgatar. Tive vergonha do meu filho. Sei que ele está bem agora, mas muito triste com o pai."

A voz de meu avô se elevou com sua impaciência. Tentou me desacreditar e, ao mesmo tempo, me incentivar a colocar a corda no pescoço e me atirar nas profundezas, onde habita o pai dele.

"Desde quando você se arrepende, meu neto? Fez por vontade própria. Quando a vontade é pura, o arrependimento deixa de existir. Seja forte! Estará bem melhor conosco. Te protegerei dos perigos da escuridão! Somente mais alguns passos! Poucas ações para um futuro promissor!"

Naquele momento, já tinha feito minha escolha. Algo bloqueou esse pensamento, pois meu avô me esperava, fazendo gestos para eu subir na árvore. Talvez tenha sido uma emoção pura ou obra do homem da esquerda. Apesar de se parecer com um humano, aquele homem estava longe de pertencer à nossa espécie tão recheada de defeitos. Havia brilho demais em sua existência física. Irradiava muita paz e amor.

"Perdão! Perdão por ter se tornado apenas uma casca sem conteúdo! Perdão para o meu avô e principalmente para o meu pai! Não há justificativas que alimentem meus erros. Simplesmente, perdão!"

Quando disse aquilo, uma onda de luz muito forte se desprendeu do homem da esquerda, afugentando por alguns metros a escuridão absoluta. Pude ver meu avô por inteiro, protegendo seus olhos com ambas as mãos. Ele estava somente com trapos de uma veste encardida. Sua pele estava toda machucada, feito um leproso.

De repente, asas enormes de luz projetaram das costas do homem da paz, batendo em um ritmo lento, propulsando luzes em todas as direções. Foi nesse momento que percebi a presença do meu pai. Ele estava ajoelhado muito rente ao tronco da árvore, de cabeça baixa.

"Nosso Deus criou o ser humano para viver no presente e no tempo a ele destinado. Ofereceu a ele a promessa de uma vida infinita; a eternidade, como vocês dizem. E você viveu esse presente, José. Ainda o vive. Foi no presente que você desejou uma vida eterna, já que tinha contatos diretos com sua divindade, pedindo bênçãos e agradecendo pelas conquistas. E nesse presente, José, que continuará a rezar, pedir perdão e aparar as arestas de enfraquecimentos da fé que irão surgir em sua caminhada."

"Sempre estive com vocês, na forma daquele Santo de Barro que você, na verdade, nunca odiou. Sei que ama nosso Pai! Amo sua família, José! Venha até a mim!"

O Anjo apontou em minha direção. Minhas pernas tremiam, mas caminhei. Passo por meu pai, que diz, numa voz muito embargada, sem olhar em meus olhos: "Vá, meu filho! Viva! Eu tenho ainda que permanecer aqui!"

Quando passei por aquela árvore, não olhei mais para trás. Ao lado do Anjo, caminhamos por uma floresta encantada. Milhares de árvores exuberantes, com milhares de roupas perfeitamente penduradas, mantendo uma harmonia inacreditável com galhos e folhas que mudavam de cor, acompanhando a tonalidade dos tecidos.

Achei que era um grande pássaro a cuidar daquelas roupas. Entretanto, o Anjo me disse que era Catarina, minha tia, em sua infinita bondade. Disse ainda o Anjo que nós, seres humanos, temos o dom de simplificar tudo com o olhar.

Em meus olhos brotaram, mesmo que distante, a figura de três pessoas, lado a lado e de mãos dadas, na frente de uma casa, que na verdade, era a minha casa, bem mais saudável.

Um animal, que parecia um cachorro, veio correndo em minha direção, de uma maneira muito peculiar. Era Fred, o cachorro de pelúcia de Joaquim. Com apenas três patas, conseguiu pular em meu peito, lambendo-me o rosto. Naquele momento, entendi quem seriam as outras pessoas. Olhei para o Anjo; ele assentiu. Saí correndo por uma grama alta cheia de flores e de vida e abracei, soluçando, minha mulher, meu filho e meu sogro.

"Papai, aqui é o baú do Papai do Céu", disse Joaquim, com a cabeça enterrada em meu abdômen.

"Todos nós amamos você, José", disse Ana, com um olhar penetrante e um sorriso espontâneo no rosto.

O Anjo chegou, acompanhado do cãozinho Fred. Suas asas de luz se abriram novamente, enquanto ele falava que estava na hora de eu retornar à casa, à minha vida.

2

"Acorda, papai!"

"Como assim, meu filho? Estou acordado."

Nisso, sinto uma língua pegajosa lambendo meu rosto. Era Fred, que, ao me despertar, já não se encontrava mais ali.

Minha cabeça doía muito. Demoro a perceber onde me encontro. Estou muito desorientado, perdido e sem noção do espaço ao meu redor.

Encontro-me na mesma árvore, onde eu havia tentado tirar minha vida. A corda ainda estava pendurada no galho. Lembrei de tudo que havia acontecido. O impressionante é que meu julgamento foi na mesma árvore que sombreava minha face naquele momento. Só que não havia ali meu avô, meu pai, o Anjo e meus pecados.

A árvore estava diferente. Mais verde e mais alegre com a minha presença. Olho ao redor. Tudo havia adquirido vida, e o verde predominava nas pastagens e na floresta.

Levanto, ainda meio tonto. Caminho ao quartinho do curral, pego um enxadão, subo na árvore e retiro a corda. Aos pés daquela árvore, enterrei para sempre a bendita corda que não aguentou o peso do meu corpo. Acho que não fiz corretamente o laço da forca. Ele se rompeu quando sentiu o peso do meu corpo. Isso já não interessava mais. Aquela parte da minha vida foi enterrada juntamente com a corda.

A dor diminui. Juro ter visto um grande pássaro colocando uma veste novinha e colorida em um galho da árvore. Sorrio, levanto os braços e agradeço pela vida nova que havia chegado.

Caminho em direção à minha casa. Como ela estava bonita! Os pássaros fazem festa com seus belos e ritmados cantos. Uma brisa gostosa massageou meu rosto, enquanto o sol se preparava para entrar na terra.

Abro a porta. Um sentimento de paz que pairava sob o telhado agarrou-me com tanta força, que comecei a rir e chorar. Posto-me de joelhos aos pés do Santo e rezo o Salmo 36:7-9.

"Como é precioso o teu amor, ó Deus! Os homens encontram refúgio à sombra de tuas asas. [...] Pois em ti está a fonte da vida; graças à tua luz, vemos a luz."

Me ponho de pé. Caminho em direção ao quarto de Joaquim e abro a porta. Sinto uma saudade gostosa ao rever suas coisas. Os Anjos de papelão balançam com a brisa que chegou ali comigo.

Às minhas costas, ouço a porta rangendo ao se abrir bem de mansinho. Um pequeno e sorridente cachorro corre em minha direção e pula em meu peito. Me desequilibro e caio na cama de Joaquim com o cachorro insistindo em lamber minha face.

Ficamos ali, rindo e brincando, enquanto a luz do recomeço tingia tudo ao nosso redor.

3

Hoje, a roça caminha de mãos dadas com Nosso Senhor Deus. Fred, meu companheiro, só se afasta de mim quando tenta pegar os pássaros debaixo da grande árvore. À tardinha, depois do jantar, ele se recolhe em seu canto; ou seja, na cama de Joaquim.

Não foi uma alucinação. Não se decorreu do tombo que levei da árvore, batendo com a cabeça no chão. Tenho certeza plena da escuridão que percorri; da árvore da decisão; do baú do Papai do Céu; da minha família; do Anjo e suas enormes asas de luz e do cãozinho Fred.

O cãozinho que surgiu em minha casa tinha as quatro patinhas, e era um pouco diferente do Fred de Joaquim. Entretanto, tenho certeza de que é o mesmo Fred. Para Deus, inexiste o impossível.

Outro dia sonhei com meu pai. Disse-me que já consegue ver com mais nitidez o outro lado da árvore. Que as feridas provocadas pela ausência da luz estão, aos poucos, sendo cicatrizadas.

Sonhei também com meu avô. Seria um pesadelo se eu já não tivesse presenciado aquela escuridão e seus gemidos.

No sonho, só eu conseguia ver meu avô na escuridão absoluta. Pequenos meteoros de uma luz de fogo atingiam o corpo dele, danificando-o ainda mais. Na verdade, esses pequenos meteoros eram o chicote de um ser maldoso, que não consegui ver além dos olhos. Essas luzes que intercalavam na carne podre do meu avô deixavam momentaneamente visíveis corpos nus, dilacerados, sujos, ensanguentados e deformados, enrolando uns aos outros, feito serpentes aprisionadas em um balaio. Aqueles olhos em chamas, que conduziam magistralmente o chicote, sabiam da minha presença; mas em nenhum momento voltaram sua atenção a mim.

A cada chicotada reluzente, um naco de uma carne apodrecida se desprendia de seu corpo e servia de alimento aos milhares de gemidos rastejantes à sua volta.

Meu avô estava sendo castigado por ter fracassado comigo. Por ter perdido uma alma para a luz.

Naquele sonho, fiquei indiferente. Talvez a parte ruim de mim tenha se presente naquela escuridão, desapossada de qualquer sentimento de humanidade.

Sim. Essa parte de mim, às vezes, visita a escuridão para presenciar em qual grau de sofrimento meu avô se encontra.

Apesar de não ser dono dos meus sonhos, peço ao Anjo que atenue o sofrimento do meu avô. Tenho convicção de que sua alma ainda está muito distante da árvore, numa escuridão sem fim.

Jorge retornou ao meu convívio. Com sua ajuda, reformamos o curral. Outras parcerias estão sendo feitas, como a compra de gado e a ampliação da agricultura em nossos pedaços de terra.

O excedente da produção está sendo comercializado na feira da cidade. Estamos prosperando!

A todo o momento, sinto a presença de Ana, Joaquim, meu sogro e o Anjo. A cada conquista, sinto as asas do Anjo me cobrindo com a sua luz e energizando minha vida. Que Deus nos abençoe!

- editoraletramento
- editoraletramento.com.br
- editoraletramento
- company/grupoeditorialletramento
- grupoletramento
- contato@editoraletramento.com.br
- editoraletramento

- editoracasadodireito.com.br
- casadodireitoed
- casadodireito
- casadodireito@editoraletramento.com.br